文春文庫

人間タワー

朝比奈あすか

文藝春秋

目次

人間タワー

第一話　天国と地獄

カステラ一番　電話は二番……。

この曲を聞いて、つい口ずさみたくなるのは何歳以上の人間だろう。たあくんは分からないだろうな。瞳を広げ、一年生になったばかりのひとり息子、貴文《たかふみ》の姿を探しながら、片桐雪子《かたぎりゆきこ》はそんなことを思う。

桜丘小学校、春の大運動会。愉快な音楽が鳴り響いている。第二部の最初の種目、大玉送りが佳境に入ったところだ。校庭を二分するように列を作って並んでいる約六百人の児童たちの頭の上を、大きな赤玉と白玉が、ずんずんと転がっていく。

カステラ一番　電話は二番　三時のおやつは文明堂　カステラ一番……。

雪子はこれが『天国と地獄』の序曲の一部だということを知っている。もはや愛のない夫婦がくりひろげるオペレッタ。妻の死にせいせいしていた男が、世間体のために冥界へ妻を取り戻しにいかなくてはならなくなってしまうというコミカルなあらすじを教えてくれたのは、元夫の遼《りょう》だった。

突如、強い風が校庭を吹き抜けた。反射的に目をつぶるが、目の中に砂塵が入るほうが早く、まぶたの裏がチリッと痛んで涙が滲《にじ》んだ。

小学校の校庭というのは、どうしてこう、どこもかしこもざらざらしているのだろう。暗いような曇天だけれど、サングラスをしてくれば良かった。

薄目で見ると、こどもたちの姿がぼやけてひとつの塊《かたまり》になって見える。カステラ一番、電話は二番……。『天国と地獄』はところどころ音割れしながら、くりかえし流れ続ける。

雪子はここ桜丘小学校の卒業生だった。短大を出て、実家暮らしをいいことにフリーターや派遣の仕事を転々として、そんな中で出会った遼と結婚した。結婚後しばらくは別の町に住んでいたが、離婚して実家に戻った。

自分の年齢から十二をひくと、二十六。二十六年前か、と雪子は桜丘小学校を卒業した頃を振り返る。

いつしか校舎は様変わりしていた。雪子が卒業してから何年かのち、児童数が少なくなった別の学区の小学校と合併することになったそうだ。増改築工事をし、学童保育所を拡張し、それに伴い飼育小屋の位置を変えた……と最近見た桜丘小学校のホームページに書いてあったが、雪子の記憶は薄れている。ただ、遊具がだいぶ変化した気はする。回旋塔が見当たらない。あのあたりにあったはずだ……と雪子はプールの前の、今はビニールシートがしいてあるだけの、ぽっかりした空間を眺める。くるくる回る円形の鉄の棒のあちこちにぶら下がる回旋塔は、当時、大層人気の遊具だった。たしか高学年限定という決まりがあった。五年生はほとんど触らせてもらえず、六年生ばっかり狡《ずる》いと思っていたのも懐かしい。ようやく自分たちの代になると、休み時間のたびに「回旋塔ダッシュ」をして、取り合った。人気すぎて、そのうち、一分交代、三十秒交代、といった細かいルールができた。他のことは忘れているのに、どうして回旋塔のことばかり覚えているかというと、力の強い男子に反対側に荷重をかけられて振り飛ばされ、怪我をしたことがあったからだ。雪子だけでなく、しょっちゅう誰かが怪我をしていた。そう思うと、恐ろしい遊具だったのかもしれない。こどもたちは、しかし怪我が治ると、懲りもせずふたたび回旋塔の行列に並んで遊ぶ。雪子も怪我を治すと、さっそく回旋塔ダッシュし、砂まみれの膝に血を滲ませて泣きながら保健室に向かった記憶など、すっかり忘れているのだった。

またしても風が吹きつける。目を細くし、上下のまつ毛で眼球を守った。

次の瞬間、白玉がぽんと空《くう》に弾んで、地面に落ちた。白組の児童たちが興奮のあまり列を乱す。それをさらに煽《あお》るように、「白、まさかの落下ぁぁぁ」放送委員が声を張った。赤組の勝利が決まった。貴文は赤組だから、雪子は嬉しくなって、つい小さなガッツポーズをしてしまう。こどもじみた所作に照れ笑いを浮かべた後で、あたりの保護者が誰も自分を見ていなかったこと、大玉じたいを見ていないことにも気づいた。

ひとつ前の種目は徒競走だった。ここにいる人たちは、さっきまでビデオを手に声を嗄《か》らして我が子を応援していたはずなのに、団体種目の大玉には無関心だ。背後から彼らの話し声が聞こえてくる。

「次、なんだっけ」

誰かが問いかけ、

「えーとね、次は三年生のダンス」

誰かが答える。

「ふーん」

「ねえ、そろそろ人間タワーの場所取りしとかない？」

「もう人間タワー？」

「まだ先だけど、あれは見とかなきゃ」

「早めに場所取っておかないと」

「分度器山の前あたりがベストポジションじゃないかって、うちの子言ってた」

誰ひとり大玉の点数を気にすることなく、数人の母親たちが一斉にその場を去っていった。

残された雪子は、かすかな違和感を覚えている。今、懐かしいことばを聞いたと思った。

人間タワー。

ああ……。

「ユッコ」

と呼ばれ、腕にずしりと重みを感じた。母だった。雪子の腕に抱きつくようにして、

「やっと見つけた」

嬉しそうに言う。

「薬がきいて頭痛が治ったから急いで来たよ。ユッコ携帯見てないでしょう。何度もかけたんだよ。見つけるの大変だったんだから」

祖母を介護施設に送り出した後で、頭痛がすると言って寝込んでいた母だったが、すっかり元気になったようだ。ぎゅうぎゅう腕をつかんでくる。

「人間タワーだけでも見ようと思って来たんだよ」

と母は言った。

「人間タワー、まだやってるんだね」

「ユッコたちもやったじゃんねえ、でもあの時よりもずっと大がかりになってるんだよ。

今は、学年全員で作るから、大きいよう」

嬉しそうに、そしてどこか得意げな表情さえ浮かべて母は言う。

雪子の中にぼんやりと、運動会の記憶がよみがえってくる。

あの頃も、人間タワーは運動会の華だった。クラスごとに「一組タワー」「二組タワー」「三組タワー」と呼ばれ、雪子たちが作ったのは「三組タワー」だ。それが、いつの間にか「人間タワー」と総称された。そうして、組でいちばん小柄だった雪子は、三組タワーの頂上に立つことを求められた。

あの時……、そうだ、頂上に立つ予定だったのに、回旋塔で怪我をしたことで急に怖くなってしまい、他の子に譲ったのではなかったか。そして、帰宅してそのことを告げると、母が思いがけず落胆の表情を浮かべたのだった。

——ああ、もったいない。一生の記念になったのに。

そう言った母の、口元のゆがんだ顔を、妙にはっきりと覚えているし、淡い後悔の手ざわりは、今になってもまだ、記憶の底から蘇ってくるようだ。自分の弱さのせいで一生の記念を手放してしまった。「もったいない」という言葉はこども心に重かった。いったん手放したものは、もう戻らない。

しかし母は後になってこう言った。

——やっぱり、あんな高いところに立つなんてこと、やらなくて良かったよ、危なっかしいもんね。ユッコはやらずに済んで良かったよ。

一生の記念、と言っていたくせに。やらずに済んで良かったよ。母の言葉を思い出すと、今も胸の奥に、砂を嚙《か》んだようなざらつきを覚える。と同時に、何か喉につかえたまま吐き出せない記憶がある気がして、むず痒《がゆ》いような気持ちになった。

そうだ、思い出した。運動会の当日、頂上に立つはずの男の子が失敗してしまったのだ。練習ではいつもうまくいっていたのに、どういうわけか本番だけその子がずるずると滑り落ちてしまい、雪子の組はタワーを完成させることができなかった。だから、卒業アルバムの写真でも、雪子の組だけタワーの写真がない。

「たあくんのかけっこ、終わっちゃった？」

明るいダンスの音楽が止んだタイミングで母に訊《き》かれた。雪子は、

「さっき終わったよ。一番だった」

と答える。

「すごいじゃないの」

「うん。あの子、幼稚園の時から、いっつも一番なんだよね」

嬉しさを隠そうとして、ぶっきらぼうになった雪子に、

「あんたは遅かったのにね」

からかうように、母が言った。

「大玉も赤が勝ったね。たあくん赤組だから喜んでるよ。ほら、もう二十点も赤が勝ってる」

点数板を見上げて雪子が言うと、

「あ、ほら、ユッコ」

急に母の声が甲高くなった。

「のぞみえんの人たちが来たよ、ほら、向こうのテントに。お昼を食べて戻ってきたみたいだね。やあねえ、ぞろぞろ、遠足みたい。おばあちゃんも来てるんじゃないかな」

朝礼台の横に作られた敬老席に入ってゆく老人たちの列を見つけて母は奇妙なくらいにはしゃいだ声を出し、それから「あ」と短く声を発して、

「おばあちゃんが来た。ほら、あそこ。ちょっと顔見せてこようか。もしかしたら淑子《よしこ》ちゃんもいるかもしれないから、ユッコも行く?」

と言うが、雪子は淑子ちゃんが誰なのか知らない。母はいつも自分が知っていることは雪子も知っているものだという前提で話してくる。

「いいよ。わたしはちょっと疲れたから、あの木陰で少し休んでる」

何の気なしにそう言うと、「やだね、大丈夫?」と母が心配そうな表情で、顔を近づけてきた。ふたたび一緒に暮らすようになったばかりの頃、栄養失調から貧血を起こして倒れたことがあり、以来母は必要以上に自分を案じている。雪子は慌てて、

「大丈夫大丈夫。少し休めばすぐ復活するから」

笑ってみせて、ひらひら手を振りながら母から離れた。校庭の隅に並べて置かれている、丸太で作った卒業制作の素朴なベンチに座る。ここからだと校庭のこどもたちを見ることはできないが、にぎわいは十分伝わってくるし、裏の竹林から吹き抜けてくる風も気持ち良い。こどもたちを応援する保護者たちの後ろ姿を見ているうち、なぜだか少し眠くなってきて、うつらうつらとしてしまう。

雪子はまだ、この学校に知り合いがいない。月の初めに開かれた保護者会に出席していれば誰かとママ友達のような関係を作れたかもしれないが、行かなかった。出欠を問うプリントには、「出席」のほうに丸をつけて持たせたのだが、当日、億劫《おっくう》になった。知り合ったばかりの保護者たちと自己紹介し合ったり、世間話をする気力がなかった。誰とでも明るくコミュニケーションをとれていた頃の自分が、遠い別人のように思えた。

ドラマや小説の中では、シングルマザーはそう珍しくはないかのように語られる。だけど、たとえば息子が通っていた幼稚園で、交流があったお母さんたちの中に、シングルはいなかった。保育園なら、少しは状況も違うかもしれないが、一時五十分にはお迎えに行かなければならないあの園が、専業主婦のいる家庭を前提に運営されていることを、遼と離れるまでは意識していなかった。

最初、遼から離婚の話があった時、自分を取り巻く世界が大きく変わろうとしていることをはっきり理解できていなかった。息子と自分はもう彼にとっては要らない存在なのだということが分かってからも、男の人は最後の最後で家族を選ぶものだと信じた。

やがて遼は帰らなくなった。じょじょに雪子は家から外に出られなくなっていった。給料は振り込まれていたけれど、銀行まで引き出しに行けない。当然、幼稚園まで息子を連れていくことができず、ネットでまとめ買いした菓子パンや栄養ゼリーを与えて自分は寝込んだ。

寝込む、という状態を、それまで知らなかった。食欲がなくなり、喉の渇きを感じなくなり、立ちあがることすら難しくなる。頭はいつも重たく怠《だる》い。風呂に入るのも、玄関まで歩くのも辛いあの感じ。ぼんやりとテレビを眺めて意識を飛ばしていても、なにかの弾みに夫の心がここにはないのだと思い出すときつくなる。下腹に、差し込むような痛みが走った。

気づくと洗濯ができなくなっていた。食事を作ることも。

家事が、こんなに大変なものだと知らなかった。どうしてこんなに煩雑で膨大な仕事を数年間えんえんとこなすことができていたのだろう。息子にビデオを見せ続け、自分はひたすらぼんやり横向きに寝ていた。

噂が立ったのか、同じマンションの乳児サークルで出会ってそのまま同じ幼稚園に進んだ数人のママ友、幼稚園の担任の先生らが、雪子を助けようとした。ＬＩＮＥ、メール、電話。そのうちピンポーンとチャイムが鳴った。雪子に気を遣わせないように「作り過ぎちゃったから」と夕ご飯を届けてくれたり、息子を預かろうかと言ってくれたり。逆の立場の時に同じことができるだろうかと訊かれたら即答できないくらい優しかった人たち。雪子は玄関口で、誰に会っても泣かなかった。そうして、誰ひとり家の中に入れなかった。

ある日、両親が訪ねてきた。三十を過ぎた娘を救出しなければならない親の気持ちがいかばかりだったかは想像もつかない。高齢の祖母だけでなく、持病の糖尿病で入退院を繰り返している父、ふたりの介護を一手に引き受けている母に、ひとり娘の自分までが迷惑をかけることになる。そんな自分が、ただただ情けなかった。

実家で鏡を見たら、痩せて老いた知らない女がいた。それが自分だと分かった時、雪子は初めて涙を流した。どうしてもっと早く言わなかったのと、雪子に問う母もまた、泣いていた。あの男、ぜったいに許さない。母は言った。母は怒り狂って自分の膝を打つほどに興奮していた。しかしその母は、思ったとおり、雪子を責めもした。あんなに反対したのに、あの男、憎い、雪ちゃんは騙《だま》されたんだ、浮気癖っていうのは治らないんだから、本当にあんたは男を見る目がない。あれほど私が言ったのに。

母は繰り返し雪子を責めた。失敗してしまった後で何を言われても遅いのに。母に反対された結婚だったからこそ、実家を頼ることがどうしてもできなかったのに。

母はやっぱり母のままで、雪子のミスを許さない。だが、その母がいちばんに雪子を心配しているのだし、いちばんに雪子の味方で、現実に助けてもくれている。逃げ場なんかどこにもなかった。

派遣社員として勤めていたネットニュースの配信社で、記者として働く遼を好きになったのは雪子の方だったが、今となっては母が言うように、好きになるように仕向けられたのかもしれなかった。彼に同棲中の、婚約の話も出ている恋人がいるということを知らないまま付き合い始めて、気づいたら深みにはまっていた。

愚かだったと思う。愚かな上、傲慢だった。恋人を平気で裏切るような男の息子を授かって、勝った、と思った。知らない女から奪う時、気は咎《とが》めなかった。略奪したら、同じことをされる。いつかどこかでそんな文言を読んだ気もするが、教訓にするほどは心に浸透していなかった。目先のことしか考えられなかったのだ。三十代直前ということに、焦りもあったのだと思う。

今思えば遼は最初から、貴文の誕生を喜んでいなかった。いくらか顔を引き攣《つ》らせながら、彼女と別れてしぶしぶ雪子と一緒になった。雪子の体を案ずるふりで式も披露宴も端折《はしよ》ろうとする遼を説得して、身内と友人だけの小さなパーティは開いたが、今にして思えば遼は終始苦笑いを浮かべていた気がする。それでも、引き返したいなんて、一度も思わなかった。貴文をひとりで育てる勇気はないし、遊びのつもりが結婚するはめになったことを、最初から悔いているのだろう遼の、思い通りにさせるわけにはいかなかった。

貴文が幼稚園に入園したあたりからだろうか、彼はますます冷淡になり、やがて雪子を無視するようになった。

無視。大のおとながそんなことをするなんて驚くけれど、本当に、中学生が学友にやるように、シカトするのだ。作った食事は食べるし、沸かした風呂には入るのに、口をきいてくれない。

ある日、酔って帰宅した夫に差し出した手を払われて、とっさに「もういや！　別れる」と叫んだ。その時だけ、遼は無視しなかった。「分かった。別れよう」と返した。雪子の口から引き出したい言葉をようやく引き出せたという顔をしていた。新しい女とはその頃から付き合っていたのだろうか。きちんと調べて、証拠をつきつければよかったのに、貴文の成長と日常に追われ、惨めな思いもしたくなくて、見たくないものを見なかった。こんなことになるのなら同棲中の恋人がいると知った時点で別れていれば良かったと思ういっぽうで、別れていたら貴文を授からなかったのだから、これしかなかったという気もしている。

思えば元夫は結婚前から雪子の両親に苦手意識をもっていた。初めて雪子の実家に挨拶に来た時からだ。印刷会社で勤続三十年目を迎えた雪子の父は、地方新聞社からネットニュース社に転職した彼の経歴に興味を持ち、動機やきっかけを訊きたがった。説明する遼が、じょじょに面倒臭そうな顔になってゆくのを、雪子ははらはら見守った。ふたりきりになって、「うざかったでしょ」と言うと、「うざいよね」、真顔で遼は答えた。雪子は傷ついたことを隠して、明るく「ごめんね」と謝った。

その後も、決定的なことを言われた記憶はないが、言葉の端々や、会う約束を直前でキャンセルするといった行動のひとつひとつから、遼が雪子の実家を避けたがっている気持ちは見てとれた。はっきり言ってしまえば、敬意を払われていなかった。それを認めることは、ひどく傷つくことだったから、雪子は遼の冷たさを見ないようにした。見ないように見ないようにと気をつけていても、ついふらふらとさまよってしまうSNSの画面の中で、時おり、遼が女の子と遊んでいるという噂を目にした。赤ちゃんが生まれてくれれば、なにもかもが変わる気がしていたし、そう願った。今、そんな男に縋《すが》りつこうとした代償を、払わされている。

母が父の元同僚の伝手《つて》をたどって弁護士を探してくれた。遼はすんなり慰謝料を支払い、親権を手放した。離婚届を書いて送らせたのも母だ。こんなことはぐずぐず引き延ばしていいことはないよ、金払いが良くて良かったじゃないか、と母は言った。あんな男のことは忘れて新しい仕事を探したらいいじゃないの、たあくんは学童に預かってもらえるんだし。体調がすぐれないのを理由に家に籠もってぼんやりしている雪子に母は言った。母が自分の目をよそに向けようとしてくれていることは分かった。体重はすでに元に戻っていた。雪子自身、よそを向きたかった。

それなのに、思考はループする。

どうして離婚届を出してしまったのだろう。ごねれば籍だけでも残せたのではないか。もっと夫と、夫の相手を苦しめるべきではなかったか。もしかしたら、夫が心変わりする可能性もあったのではないか。それが惨めな考えにならないように、息子を父親の無い子にしたくはないのだからと、雪子はいつだって自分の思考に言い訳を添えた。

スマートフォンが、手の中でふるえる。母からだった。応答ボタンを押したが、校庭ではダンスが始まり、音楽がうるさくてほとんど声が聞こえない。かろうじて、おいで、というひと言だけ掬《すく》い取る。

雪子は丸太のベンチから立ち上がり、応援席へ向かって歩く。校庭の向こう側から母が大きく手を振っているのが見えた。のぞみえんの人たちのために作られた敬老席に、母はいた。その手の振り方が尋常でなく激しいのと、何か叫んでいるふうにぱくぱくしている口が遠目に分かり、のぞみえんの敬老席に向かった。そう広くない校庭なのだが、見学の保護者でごったがえす中を、人の隙間を縫うようにぐるりとまわるのは少し大変だった。到着すると、母が、のぞみえんのヘルパーのひとり、浅黒い痩せた女性の腕をつかむようにして雪子のもとへと歩み寄ってきた。

「ユッコ、ほら、淑子ちゃんだよ。前に話した神原《かんばら》淑子ちゃん。もう五年生の子がいるんだって」

と興奮気味にしゃべった。

同級生がのぞみえんで働いているというのは母から聞いていた気もするが、目の前にいるのは知らない女性だった。失礼にならないよう、ひとまず会釈すると、彼女は人懐こそうな可愛らしい笑顔で、

「雪子ちゃんですよね。お母さんからよく聞いています。けど、たぶん、わたしのこと覚えてないよね」

と、少し砕けた口調で言う。

「あ……えーと、ごめんなさい、最後何組でしたか?」

「いいのいいの。実はわたしも覚えてなくて」

と、淑子が笑ってくれたので、雪子もほっとした。

「桜丘小で一、二年の時同じクラスだったみたいなんだけど、わたし三年生の途中で引っ越してるから、卒業したのこの学校じゃないし」

「……そうでしたっけ」

「今はのぞみえんで働いてます」

「あ、祖母がいつもお世話になってます」

事情が分かって雪子はほっとし、短い間だったとしても同じ校舎にいた同級生なのだと思うと、やっぱり近しく感じてくる。

「五年生のお子さんがいるんですか」

「そうなの。うちのは白組。たぶんあの辺にいるんじゃないかな。本当は仕事休めるか際どかったんだけど、たまたま人手が足りて付き添いに回してもらえたの。ラッキー」

目を細めてこどもたちの応援席を見ている。そうか、世の中にはこどもの運動会の日も仕事をしているママがいるのだろうなと雪子は気づく。そして、目の前の同級生にもしかしたらこの人もシングルマザーなのかなと淡い期待を持つ。

だが淑子はあっさり、

「うちはパパと同じ職場なんだけど、人手が足りないからなかなか同時に休めないんだよね。今日はパパは休みで、見学席にいるんだ。毎年、交代で休みを取ってるの」

と言った。

雪子は落胆を顔に出さず、「へえ」と言った。

落胆するのも変な話だと思う。自分と同じ境遇を他人に求めて何になるのだろう。

敬老席の脇に停めた車椅子に乗ってダンスを鑑賞していたおじいちゃんが「かんばらさあーん」と呼んで、ひょろっと上げた手をおいでおいでというふうに振った。

「はーい、ちょっと待っててねえ」

と淑子は軽やかに返事をしてから、雪子に、

「ねえ、雪子ちゃんのお子さんも桜丘小の一年生なんだってね。なんか小学校のことで困ったこととか、訊きたいことがあったら連絡してね。ピーや校活のこととかも、わたし、おととしやったし、いろいろ相談にのれるから」

「ピー？」

「ＰＴＡのこと。校活は校外活動部員ね。桜丘小はわりと学校活動が熱心なの。わたしね、結婚前から働いてるから職場では旧姓の神原のままだけれど、今は大津《おおつ》です」

「大津さん」

「今度、おばあちゃんにわたしの連絡先を預かってもらうから、よかったら連絡してね。なんでも訊いてください」

早口に言って、ぱたぱたと老人のところへ走って行った。人のために動くことが習い性になっている人特有の柔らかい笑顔と機敏な動きは雪子の心にじんわり染みた。少し話をしただけの人に、こんなふうに励まされて、あたたかい気持ちになれたのは、ずいぶんと久しぶりだった。

ふと気づくと母はちゃっかり祖母の横の席に座って、のぞみえんの老人たちと一緒に運動会を鑑賞していた。久しぶりに同世代の相手と話したことで華やいだ心はその場から離れようとしなかった。また淑子と話したいと思って、何とはなしに様子を窺《うかが》ってい

ると、淑子がさきほど手招きした老人の車椅子を押して敬老席から離れてゆくのが見えた。もう帰るのだろうか。自分の子が出ている運動会を見ることができない淑子の背中を見送る。またいつかゆっくり話したいなと思いながら、雪子も敬老席を離れた。ふたたび校庭の中をゆっくりと歩き出した。

校庭は高学年の選抜リレーで盛り上がっていた。俊足の子ばかりだから、リレーは見ごたえがある。

選抜リレーの選手は花形だった。雪子は走ること自体、苦手だった。走っても走っても前の子に引き離されてしまうから。小学生のうちは「変な走り方」とからかわれ、中学に上がってからは「走り方、可愛いね」と微笑ましげに指摘された。

でも、息子は違う。走り方など教えられたこともないだろうに、ごく自然に胸を張り、両手を理想的な角度に振り上げ、その足で強く土を蹴る。

さきほど、一年生の徒競走の時も、貴文は大活躍だった。他の子たちをみるみる引き離してゴールテープを切る息子をスマートフォンで撮影していると、

「あの子、誰?」

「速いね」

周りのお母さんたちのひそひそ声が聞こえてきた。あの子はわたしの息子、貴文です。誇らしげにそう言ってみる自分を想像しながら、だけども同時に思うのだった。貴文の

運動神経はあの人から受け継いだものなのだろう、と。自分の才能を引き継いだ息子を、あの人はあっさりと捨てたのだ。運動会の日程は弁護士を介して伝えたが、返事もなかった。

いつしか高学年選抜リレーは終わり、係の子たちが校庭を片づけている。

放送が流れた。

「プログラム三十番、六年生による組体操です。今年のテーマは『絆』。桜丘小学校の今日の運動会に向けて、六年生は皆で力を合わせて毎日練習を重ねてきました。一人技、二人技、三人技……と一つずつ着実に練習し、この日に向けて頑張ってきました。中でも、見どころは、桜丘小学校六年生総勢九十九名で作り上げる人間タワーです」

お、と雪子は思う。

雪子がいた頃の各組ごとに作るタワーも相当大きかったと思うけれど、今は学年全員で作るという。期待がふくらみ、足が止まる。

「人間タワーは全員の力をかけて築くものです。人間タワーは、誰ひとり欠けても成り立ちません。まさに桜丘小学校六年生の絆を証明します」

ふいに雪子は新しい言葉に出会ったような驚きを覚えた。人間タワー人間タワーとあたりまえのように連呼されているけれど、人間タワーって……。少し変な名称じゃないか。岡本太郎の有名な塔《タワー》がなかったっけ。あれに似ていて、言葉だけで奇妙な凄み。小学校の校庭にはそぐわない気がしてきた。

雪子はすでに陣取っている保護者たちの隙間に体を滑り込ませて、校庭を見渡せる位置を確保した。

放送が流れる。

「今回、予告させていただきましたようにテレビ撮影が入ります。ご迷惑をおかけしますが、桜丘小学校六年生が人間タワーを作り上げるまでのドキュメンタリーとなっておりますので、放送も併せてお楽しみください」

へえ、と雪子はもう一度、驚く。なんだか、すごいことになっている。見ると、朝礼台の横にカメラマンや音声担当と思われる撮影隊が陣取っているし、後方にもう一台、カメラが設置されている。テレビで流れるなんて、知らなかった。

朝礼台で教師が太鼓をどんっと鳴らす。さきほどまでのざわつきが嘘のように校庭が静まった。

奥から、はだしの六年生が駆け入ってきて、校庭中にちらばる。

教師がまた太鼓を鳴らす。すると、ちらばっていたかのように見えた六年生があっという間に整列した。等間隔に立ち、割り箸みたいに背筋をのばし、ぴしりと並んでいる。その様は、ビデオカメラを構える保護者達にまで緊張を与えた。自分の子がいるわけでもないのに、雪子の鼓動もはやくなった。テレビ撮影が入っていることで、独特の空気になっている。

次の太鼓に合わせて、六年生は校庭いっぱいにひろがった。あまりにも素早い動きに雪子は息を呑む。六年生て、ここまでできるのか。ふだん一年生の息子としか接していないから、その体格差、動きの差に、すでに感動している。徒競走や大玉送り、三年生のダンスなどは全体的にざわついていて、保護者の姿勢にも温度差があったけれど、今、会場はひとつになったかのようだ。皆、食い入るように六年生の動きに注目している。太鼓に合わせて、二人組ができる。また太鼓の音。倒立。その一糸乱れぬ動き、ぴしりとそろった。

在校生だったころ、組体操をやった記憶はおぼろげに残っているけれど、こんなにすごくはなかったはずだ。母が言うように、「最近の小学生はすごい」のか。その後も、技のレベルが上がるごとに、じんわりとした感動が心の中に広がってゆく。太鼓を鳴らしているのは、すらりとした女性の先生だ。なんということもないジャージ姿だが、こどもの演技を見事に束ねている。太鼓の音にも強弱があり、巧みな鳴らし方に痺《しび》れた。

どおん、という大きなひと打ちとともに、こどもたちが三つのグループに分かれた。どん、どん、という太鼓の音に呼応して、一段、二段、とこどもたちがピラミッドを作ってゆく。

「わあ……」

最後の大きなひと打ちで、三つのピラミッドは完成した。一瞬これが人間タワーか？と思いそうだが、こんなの序の口、まだまだ先があるのだと予感させる、太鼓の音、こどもたちの顔つき。それでも雪子は吸い寄せられるように真正面のピラミッドの頂上に立つ子を見あげた。

わたしもあの時、と雪子は思う。てっぺんに立つチャンスがあったのだ。

今さらそんなことを考える自分がおかしくなった。けれど同時に、胃のあたりがきゅうっと縮むような感覚もあった。いつもわたしは、ぎりぎりのところで大事なものを手離してしまう。そして後になってほろ苦く悔やむのだ。

……なぜ離婚届を書いてしまったのだろう。

思い出したくないのに、考えたくないのに、何を見ていても何を聞いていても、結局そこに行きついてしまう。やっぱりシングルになるべきではなかったということ。くだらない意地とプライドのせいで、あまりに大きなものを失ったこと。浮気されようが、無視されようが、かたちだけでも「家族」を保つことで、どれだけ楽でいられたか。暴力をふるわれたわけでもないし、給料はちゃんと入れてくれたのだし。少なくとも、貴文には父親が必要だった。

太鼓がどおんとひと打ちされ、頂上の子がしゃがみこむ。太鼓がどん、どん、と鳴るたびに、上段からこどもたちが降りてゆく。砂煙が舞う。こどもたちは降りた後もきれいな積み木のようにまっすぐに整列し、次の指示を待っている。

一拍おいてから、アナウンスが響いた。

「次は、組体操のラストを飾るわが桜丘小学校の名物、『桜丘タワー』です」

いよいよだ。

「私たち桜丘小学校は、二十三年前に旧緑町小学校と合併しました。合併した年の最初の運動会で、ふたつの小学校がひとつにまとまってゆくことの象徴として、学年合同のタワーを築くことが決まりました。二つの小学校は、一つの小学校となって、六年生が全員で、大きなタワーを作る。私たちの先輩方はそれを実現させました。当時、合併後第一期の六年生は総数百二十六名でした。その全員でタワーを作りました。それ以来、毎年、ひとりの児童も欠けることなく、私たちはタワーに挑み続けてきました」

そうだった、と雪子は思い出した。

雪子が小学生だったころから、駅に近い緑町小学校の児童数は少なく、いずれは桜丘小と合併するかもしれないと噂されていた。

雪子たちが卒業した後に、桜丘小と緑町小は合併したのだった。合併の話は小耳にはさんだ気もするが、正直、出身校にそれほど思い入れはなかったから、その後小学校を見に行ったりはしていない。成人式も、大学時代の友達と集まっただけで、地元には戻らなかった。

小学校に思い入れがなかったのは、ひどく荒れた学年だったからだ。雪子たちの学年は、当時まれに見る「悪い年」と言われていた。

一部の男子児童のせいだった。やんちゃな子が数人いて、その子たちがクラスを跨《また》いでグループを作って、幅をきかせていた。掃除をサボったり、女子をからかうくらいなら、まだよかった。そのうち彼らは授業中にキャッチボールをしたり、窓ガラスを割ったり、ひどくなってくると先生を蹴ったりもした。まだ小学生の幼さで。

やんちゃなんて言葉でごまかしてはいけないと、雪子は思い直す。雪子の母も、友達の母らも、彼らのことを「不良」と呼んでいたのではなかったか。彼らと同じ中学に行きたくないからと、私立の中学校の入学試験を受ける子もいた。

実際に彼らは中学生になってからどんどん悪くなっていって、タバコを吸ったり飲酒したり、真正の「不良」になっていくのだが、小学生の頃からそれは始まっていて、弱い者いじめを……そう、あの子だ。

唐突に雪子は、不良たちのターゲットが一人の男の子だったことを思い出す。顔かたちは思い出せないのだけれど、彼の雰囲気、色が白かったこと、小柄だったこと、怖がると笑みを浮かべてしまう癖なんかが、ぼんやりとかたちになってくる。同じクラスだったのに彼の名前さえ忘れていることに、雪子はぞっとする。見ないように見ないようにしているうち、本当に忘れてしまえたのだ。その子がどんなに酷いことをされていたのかをちゃんと知らないまま、卒業してしまった。とにかく酷いことがあったということと、関わってはいけないと思って、身を縮めるように過ごしていた小六の一年間。自分らがいた教室には、今ならもっと大きな問題になるような、ひどいいじめがあったのだ。幸い、事件になるようなことはなかったはずだけれど。

そんなふうに思ってから、雪子はふいに迷い子の気分になった。

事件になるようなことはなかったはず……？

今、あることをはっきりと思い出した。

三組タワー……そうだ。雪子の代わりに、色の白い、ちいさなあの男の子がてっぺんに立つことになったのだ。

――本番でコケさせろよ。

不良軍団は、二段目を受け持った雪子と、もうひとりの友達に、そう言った。

男の子は練習のとき、いつも怖がっていた。自分をいじめる不良たちを踏みつけて上の段にのぼっていくことを躊躇《ちゅうちょ》していた。不良たちは、男の子に踏みつけられるたび、男の子にだけ聞こえるような低い舌打ちをし、練習が終わると肩を組んで、ふざけるふりをしながらその肩を押さえて痛めつけたり、意地悪をたくさんしていた。男の子は、一番上になど立ちたくなかったのだ。それでも先生に指示されて、いっしょうけんめいに上った。

本番の日、雪子と雪子のとなりの子は、ひどく青ざめていたはずだ。男の子をコケさせなければならなかったから。

悪気はなかった、はずだ。命じられたことをしなければならなかった。それをやらなければ、自分たちがひどい目に遭わされるかもしれなかったのだ。

運動会の日、三組タワーは、だから最後の最後で失敗してしまった。男の子がうまく立てなくてズルズルズルッと滑り落ちた。

思い出したとたん、軽いめまいに襲われる。

後悔ではない、後悔する必要はない。あの時の自分には、あれしか選択肢はなかったのだ。雪子は自分に言い聞かせる。だけど、自分が選択肢のないこどもだったことを思い出したせいで、鼓動はかすかに早くなる。

あの日の天気は忘れてしまった。きれいな水色の空だったかもしれないし、今日よりうすぐらい曇天だったかもしれない。同じようにごわごわと乾いた空気で、砂煙が舞っていたはずだ。まさにこの場所、この空間で。覚えていない。思い出せない。曇りガラスに目をおしあてて向こうを覗《のぞ》こうとしているように、すべてがぼやけてしまっている。

あの子に怪我を負わせたのは、不良たちなのか、それともわたしだったのか――。

「それでは、みなさん。桜丘小学校最高学年九十九名がひとつになって作り上げる人間タワーを、どうぞご覧ください」

アナウンスが終了すると同時に、太鼓が大きくひと打ちされた。

次の太鼓のひと打ちまで、六年生は誰も動かなかった。固まって座っていた六年生たちが、太鼓の音に合わせて、ぱっと立った。立ち方の素早さが鍛え抜かれた軍隊を思わせた。

太鼓がひと打ち、そしてまたひと打ち。三つに分かれていたグループがあっという間にひとつになる。校庭の中央に六年生九十九人全員が、強力な磁石に吸い寄せられた砂鉄のように、ものすごい密度で丸く集まる。そこだけぎゅうぎゅうの満員電車のようだ。目を凝らして、ひとりひとりを見ると、白いはずの体操着が砂煙でうす茶色に濁り、むき出しの足も皆黒ずんでいる。どれだけ練習したのだろう。近づけば、小さな擦り傷や無数の血豆が見えるかもしれない。

太鼓のひと打ち。

集まれるだけ集まった六年生の中心部がうずくまったようだ。雪子の場所からはよく見えないが、密集したこどもたちの隙間から、内部が凹《へこ》んでいるのが窺える。

数秒あけて、もうひと打ち。

中心部の外側が、少し盛り上がる。二段目を作ったようだ。

そして、ひと打ち。ひと打ち。太鼓の音がゆっくりと響く、そのたびに、こどもたちが、こどもたちの上に乗っていく。外側から順に。ゆっくりゆっくりと。三段目。四段目。でも、皆、まだ座っているから、高さはそれほどではない。いったいどのような造りになっているのか、雪子にはよくわからない。

　突然、太鼓が激しく連打され始めた。雪子は急に怖くなる。連打音が少しずつ大きくなる。太鼓を打つ教師を見ると、真っ赤な顔をして、筋力の限りを連打にこめているのが窺えた。

　一段。

　また一段。

　下段から順に、こどもたちが、静かに立ち上がってゆく。

　からまりあったこどもたちが、ぶわっと膨れるように大きく大きく天を目指す。そこにいるのは小学六年生のこどもたちであるはずなのに、そのかたちをした人間ではない有機体のようだ。ひとりひとりのこどもたちではなく、ひとつの、塊《かたまり》。

　まばたきをしたとたん、一瞬の違和感は消え去って、そこにはこどもたちの努力の結晶があった。雪子は拍手をしていた。雪子だけではなかった。あたりの皆が拍手をし始めた。すぐさま拍手は校庭中に伝播した。頂点まで立ち上がらないうちから、割れんばかりの拍手が校庭を包んでいた。さっきのピラミッドとはくらべものにならない高さだ。とても高い。高すぎるくらいに高い。

「桜丘小学校のタワーが完成しました！　旧緑町小学校と合併してから、ひとつの小学校の象徴として、我が桜丘小学校が誇る、六年生の！　全員で一丸となって作り上げた！　タワーです！　どうか皆さま、惜しみない拍手をお願いします！」

アナウンスから興奮が伝わってきた。請われなくても、拍手は鳴りやまない。

雪子は自分が泣いていることに気づいた。高い、大きい、という物理的なパワーを前に、人は感動を止められない。

しかし、次の瞬間だった。

中段あたりがぐらぐらと揺れて、その振動が一番上へ伝わった。頂上の子がバランスをとろうと前後に手を大きく振りまわした。が、立っていられなくなって、タワーの壁からずり落ちるように落下した。悲鳴のような声が、あちこちから響く。

コマ送りのように、ゆっくりと崩れてゆくタワーを見ながら、ふいに蘇った記憶があった。

怪我はしていない。そのことを、くっきり思い出したのだ。なぜならわたしは、あの時、彼に怪我をさせない方法を考えたから。

運動会の前日、雪子は男の子に頼んだのだ。

――あのさ、本番のタワーやる時、コケてくれる？

男の子はびっくりしたような目で雪子を見た。雪子の苦しそうな表情を見て、すべてを理解したのか、ちいさく頷いた。

運動会の日、彼は雪子の背の上に立たずに、雪子の段までくると、深い呼吸をひとつして、それから奇妙ななめらかさで、ずるずるずると体を地面まで滑らせて行った。

わざと落ちたのだから、怪我はしていない。

三組タワーは完成できなかったけれど、それですべてが丸く収まったのだった。命じた通りの結果になって不良たちも満足したはずだし、先生や級友たちは落胆しただろうが、大きな騒ぎにはならなかった。それが証拠に、雪子はあの運動会のあとのことを、誰の発言も表情もひとつも思い出せない。とにかく、大丈夫だった。小六の私に、選択肢はなかったけど、同級生に怪我をさせたくないという思いはあって、必死に道を探し出した。

「……やだ」

「ちょっと」

「かわいそう」

「どうなってるの」

周りのざわつきに、雪子はにわかに目の前の人間タワーに引き戻される。

現実には、目の前で、雪子の頃のタワーよりよほど高いところから、落ちてしまった子がいたのだった。大怪我をしているかもしれない。

すでにタワーはすべて崩れていて、さっきまで軍隊のように統制のとれていた六年生たちが、ざわつきながらきょろきょろとあたりを窺っている。

大柄な教師がひとりの児童を支えるようにして校舎に歩いていくのが見えた。男の子なのか、ショートヘアの女の子なのか、判別がつかない。背負われたりせずに、自分で歩いているということは、思ったほどひどい怪我ではないのだろう。ほっとしながら見送った。

校庭では、六年生たちが呆然とたたずんでいる。皆、心もとない表情を浮かべ、さっきより何歳も幼く見えた。

教師はもう太鼓を叩かず、代わりに、「整列！　整列！」と声を張り上げた。

雪子は、さっき流れた涙が頰の上で乾いて、砂塵がはりついた顔の皮膚がガサガサしているのが自分でも分かる。

落胆とも、口惜《くや》しさともつかぬ感情がもやもやと心を占めていた。さっきの感動はほんものだったのに、最後の最後だけですべてをなかったことになどしてはいけない気がした。だけど、どうすればいいのか分からない。

その時、どこかから拍手が聞こえた。誰かが手を叩いていた。つられたように別の誰かも手を叩き、また誰かが手を叩いた。我知らず、雪子も手を叩いていた。大きな拍手が広がった。

夜はケンタッキーフライドチキンのパックをおかずにした。ご飯と味噌汁と、初夏になってようやく一パック二百円台まで下がった苺を並べる。デザートには貴文の好きなショートケーキも用意している。たまの贅沢だ。雪子と両親はビール、祖母と貴文はオレンジジュースで乾杯をした。

テレビでは雪子が撮った貴文のダンスのビデオを流している。

「もう一回、かけっこのビデオ観せてちょうだい」

祖母が言った。

「ばあばが見に行った時間には、もう終わっちゃってたんだよお。見たかった」

「たあくん、足、速いよねえ」

「一位だったもんねえ。すごいよね」

おとなたちに口ぐちに褒められた貴文は満足そうに鼻をふくらまし、

「しょうらい、リレー選手になる！」

と言う。

「将来だって」

みんなで笑ってしまう。フライドチキンの油で濡れた小さなくちびる。一年後だって、五年後だって、一年生の貴文にはまっさらな未来、これから大きく強くなってゆく将来なのだ。

「しょうらい、人間たわーもやる！」

貴文が続けて言った。

「いいねえ」と目を細める祖母の声に、

「あれはだめ」

ぴしゃりと、母が重ねた。

きょとんとした目の貴文に、

「最後まで見たでしょう。一番上の子が落っこちたの、見たでしょ。あんなことあったねえ、ユッコの時も。そうだった、ユッコの時も、一番上にいた子、あの子が落っこちゃって大変だった」

母が言った。

「お母さん」

雪子はやんわり母を制した。人間タワーはたしかに凄かったし、いずれ貴文たちも作ることになるのだし、彼の「しょうらい」に水をさしたくない。しかし母は聞かず、

「たあくんは、あれだね、真ん中へんをやるといいよ」

と、余計なことを言い続ける。貴文はあまりぴんと来ていないようで、ちょっと首をかしげてから、

「やっぱりリレーの選手やる」

と言いなおす。

「たあくん、足速いもんね。今日も一位だったもんねえ、すごいよねえ」

またそこに話が戻り、貴文が得意げに鼻をふくらませる。

今日は、徒競走以外に、ダンスと玉入れもした。貴文はいっしょうけんめいに走って、踊って、玉を投げ入れた。大活躍したし、写真にもビデオにも、めいっぱい撮った。

貴文が無邪気に笑えば笑うほど、雪子は胸がつんとした。この家に来て以来、貴文は父親のことを全く話さない。何も訊かない。運動会に来るかどうかということも、最後まで訊いてこなかった。日程だけは伝えていたものの、本当に来てもらえるのかわからないから、雪子も貴文には何も言わなかった。そして彼は来なかった。

ちゃんと日程が伝わっていたのか、弁護士に確認したほうが良かったのだろうかと、あとになって思ったりした。

どれもこれも自分が離婚届に判を押してしまったからだ。

貴文から父親を奪ったのが自分だという気がして、雪子はつらくなる。思いを気取られぬよう笑顔を作って、

「お味噌汁もちゃんと食べて」

と貴文に促しながら、彼のやわらかい、自分とは違う髪質の頭をそうっと撫《な》でる。

数日後の昼さがり、スマートフォンに非通知設定の着信があった。貴文の学校からということもあると思って、つい応答ボタンを押すと、

「久しぶり」

と声がした。

雪子は二秒ほど呼吸を忘れた。

学校からの電話が非通知のわけがない。せめて留守電にして確認すればよかったという思いと、どうして電話をかけてきたのだろうという疑問で、心がぐらぐらする。

「貴文は元気？」

少し大きく張るような声。わざとらしい響きに、遼の緊張を感じとり、雪子はいくぶん安堵した。

「元気にしてますけど。どうしたんですか」

「なんか、硬いね。急に、驚かせてごめん」

雪子が実家に戻ってから、初めての電話だ。いったいどうしたのだろうと思いながら、何にともなく期待している自分に気づく。まさか、やり直したいと言ってくるわけでもあるまいと分かっているのに、遼が何を言ってくれるのか、期待しながら待っている。

「貴文の学校って桜丘小って言ってたよね。運動会のビデオは撮った？」

「もちろん撮ったけど。運動会、来てくれなかったよね」

「あー、悪い。仕事があって」

「日程は伝えてたよね」

「だから、仕事があったんだよ」

「あの子、すごかったの。徒競走で一位だったし、ダンスも上手に踊れてた。学年が上がったら、きっと選抜リレーのメンバーになれるよ」

勢いづいて喋《しゃべ》りながら、遼が息子の晴れ姿を見たがってくれていることに、ほっとした。できれば貴文と一緒にビデオを見てもらいたい。わたしの感情はともかく、貴文にとっては、父親からのひと言、「頑張ったね」「すごかったね」、そんな何気ない感想がどれほど大切なものになるだろう。

「……見にくる？」

さりげなく、雪子は誘った。

「ビデオで撮ったから、どう転送すればいいのか分からないから。もしよかったら、うちに見にきてもいいけど」貴文もいるし。

「う、ん。そうだね。あのさ、それでさ、組体操の事故シーンって撮れてる？」

「え？」

「いや、MHVテレビの同期に聞いたんだけど、桜丘小の組体操、タワーが事故ったんでしょ。その時の画《え》を探してるんだ。今、組体操がいろいろ問題になってるから」

「問題に？」

「組体操は危ないから、こどもにやらせないほうがいいっていう声もあるんだよ。それで今回の事故の映像、ちょっと観ておきたくて。うまく撮れてたらネットニュースに公開したいんだ。もちろん謝礼はする。そんなに多くは出せないけど」

まくしたてる遼の声を、知らない国のことばのように聞いている。何を言われているのかが分からない。いや、分かるのだけど、理解しようと心が開かない。

「聞いてる？」

遼の口ぶりが、いつしか高圧的なものに変化していることに、雪子は気づいた。

「撮ってあるよね？」

「撮ってないです」

「ええ？　撮らなかったの？　じゃあさ、誰か他の親に当たれないかな？　ＭＨＶが二十日の特集で取り上げるから、なるべくその前がいいんだよね。まあ、その後になったほうが、面白い展開になるかもしれないけど」

「面白い展開……」

「や、あっちは感動路線で番組作ると思うけど、こっちは真っ向から反対で、組体操どうなの？　って主張の特集になる。そうしたらネット上で全面戦争的な。ＰＶも稼げるからその方がかえって面白くなるかもしれない。できれば、落ちた子をちゃんと撮ってる動画がほしいんだよね。もちろん出所は伏せるけど、ある意味、そういう危ない芸当をさせる教育の現場に声を上げていく意義もあるっていうかさ」

遼は、貴文に興味がない。

徒競走の一位も、頑張った玉入れも、小学一年生の今しかできないあの可愛らしいダンスにも。

「無理だと思う」

答える自分の声が、他人のもののように遠く聞こえた。

「は？　無理？」

「うん、無理。わたし、桜丘小にひとりも友達いないから」

「なんで」と、言いかけて、遼もさすがに思うところがあったのか、口をつぐんだ。けれど、すぐまた訊いてきた。

「誰かに頼めない？」

「頼めない」

「まー、じゃあいいや。ごめん。こっちのルートで探すわ。それじゃ」

「大きな怪我はしていなかったよ」

雪子は言った。

「え？」

「転落した子のこと。ひやっとしたけど、その後、ちゃんと自分の足で歩いて保健室に向かっていたから。うまく滑り落ちたのか、誰かおとなが支えたんだと思う」

気になるでしょう？　息子の小学校でそんな事故があったなら。

「ああ、うん。そうだね。危ない競技は、これからのこどもたちのためにも、ちゃんと見直したほうがいいと思うよ。で……、貴文は元気？」

とってつけたように遼は訊いた。

「あの子はすごく元気。こっちの学校に慣れて、友達もたくさんできた」わたしはまだボロボロだけどね。

「そうか。よかった」

ひと呼吸、ふた呼吸。それから雪子は、きっぱり言った。

「これからは、直接電話してくるのはやめて。弁護士さんを通してください」

「何、そんな冷たい言い方しないでくださいよ」

冗談めかした口ぶりに、彼の甘えがにじむ。まだ舐《な》められているんだろうと雪子は思った。最初からそうだった。でも、それはわたしのせいだ。舐めさせていたのはわたしなのだから。

「そういえば、さっき、ビデオを見に来ないかって言ってたよね。貴文の運動会のビデオ。見せてよ」

おもねるような口ぶりになって、遼が言った。優しい言葉ひとつふたつで、人の気持ちなぞ簡単に、もと通りになると信じている。

「撮っていません」

「え。でもさっき」

「あなたのためには撮ってません」

きっぱりと言って、電話を切った。

非通知設定の電話には、もう二度と出ない。

試しにまばたきをしてみたが、涙は出なかった。瞳は乾き切っていて、電話で話す前よりも、部屋の中のすべてが急にくっきりと輪郭を持って見えてくる。

ありがとうと言いたい気分だった。

みじめったらしい未練から解放してくれてありがとう。

ふいにどこからか鼻歌が聞こえてくると思ったら、自分が歌っていた。愉快なリズムに、一抹の哀れ。『天国と地獄』。感情なんて、ほんのきっかけ一つで、大きく振りきれてゆくものだな。こんなものに締めつけられて、自分で自分を閉じ込めて、前に進まないことの言い訳をしていた。

仕事を探そう。

何かに打たれたように、雪子はふっと決めた。

派遣社員で転々としている間に、パソコンやファイリングの技能はひと通り身につけてきた。まずはたあくんが小学校に行っている間だけでもできる何かを見つけよう。事務職に就けなかったら、レジ打ちでも食堂の皿洗いでも、何でもいいじゃないか。そういえば、淑子さんが、人手が足りないと言っていた。のぞみえんでアルバイトはできないだろうか。

時間が経ったらまた少し揺れてしまうかもしれない。自分の弱い部分が顔を覗かせる前に、雪子はスマートフォンを取り出して、見ることも消すこともできなかった遼とふたりの写真や動画を、勢いのままに削除した。彼のアドレス、彼とのメール、機種変更前の携帯電話から移動させておいた仲の良かった頃のやりとりも、急ぐ指のなすがままに、すべて消した。

軽やかになった画面でインターネットに接続し、求人情報を検索した。

第二話　すべてが零《こぼ》れ落ちても

カメムシにご注意を！

ある朝、本郷伊佐夫《ほんごういさお》はホームの掲示板にこんな貼り紙を見つけた。

どんどん入ってきます！　隙間から入ってきます！　窓はぜったいに開けないでください！　管理室より

伊佐夫は眉根を寄せて、カメムシの写真を見つめる。この虫のことはよく知っている。人さし指の爪くらいの大きさで、特に音を立てるわけでも、刺したり噛んだりするわけでもない無力な輩《やから》だが、指先でつまもうとするや激しい悪臭を発するのだ。枕元やテーブルの上をこの虫が這《は》っているのを見ると、妻の鈴子《すずこ》はキャッとふるえるような声を上げる。そういえば昨日も……いや一昨日か、もう少し前だったかもしれないが、食堂テーブルの上をカメムシが這っていて、

　――外に放ってくださいね。

　鈴子に言われた。

　夫婦は東南アジアでの生活が長かったから、室内に侵入するヤモリや蟻や肥えたゴキブリをよく見たものだ。鈴子は、キャッと高い声をあげた。普段の声が落ち着いていて低いぶん、「キャッ」が女らしくて、相手はたかだか虫けらなのに、捕まえるたび伊佐夫は自分がいっとう男らしくなった気がした。向こうに長く住んでいたというのに、鈴子は最後まで虫にだけは馴染《なじ》めなかった。それでいて、虫をけっして殺《あや》めぬよう、伊佐夫に求めた。


　穏やかに晴れた日が続いている。

　最近はほとんど外に出なくなったのだが、このホームは全体がゆったりとした造りで窓を多く取ってあり、周りを欅《けやき》の樹木に囲まれているから、まるで半分屋外にいるような気持ちのよさだ。

　掲示板の向かいの窓に目をやると、葉を透かしてはらはらとした陽光が廊下に注いでいる。まぶたで光を味わった。日本には四季がある。改めてそのことを、好もしい奇跡のように、伊佐夫は感じた。南国には春がなかった。

　すうっと近づいてくる車椅子の気配があって、

「そろそろお手玉を作らないとなりませんねえ」

腰のあたりから、話しかけられた。

伊佐夫は杖に体重を預けたまま体の向きをかえて、声の主である清高《きよたか》サチさんを見おろした。

車椅子に乗った小柄なサチさんは、ふさふさとした短い銀髪にちいさな赤い髪留めをつけている。丸っこいかたちのこの種の髪留めをつけて出てくる時は、サチさんの調子がよい時だ。伊佐夫は、

「おやおや可愛い髪留めですね」

返ってくる言葉を知りながら、優しく言った。

「あら、お恥ずかしい。孫が小学校に上がったんで、たまにこういうものを一緒に作るんですよ。これはね、おそろいで髪にやりましょうって孫に頼まれましてね、それで、ふふ、わたくし、年甲斐もなくこんなものを着けてますの」

サチさんの孫自慢を、たとえば同じユニットの居住者の中で最年少のフユ子《こ》さんなどは疎《うと》んじているようだが、伊佐夫はいつも微笑ましく聞いている。

「お似合いですよ」

「そうかしら」

ゆったりと微笑んで、サチさんは髪に手をやる。恥じらう少女のような表情が、亡く

なった母に似ている気がして、伊佐夫はぐっと胸の奥にこみあげてくる痛みにも哀しみにも似た波を味わった。しかしそれは一瞬で過ぎ去って、不思議な気分になる。なぜならサチさんは伊佐夫の母とちっとも顔つきが似ていないのだ。母はもっと大柄で、ちゃきちゃき動く元気な人だった。なぜ、似ているなどと思ったのだろう。不思議だねえ、鈴子。

あれ、と伊佐夫は辺りを見回す。

「鈴子はどこに行ったのだろう」

サチさんが微笑む。

「髪をやっているんじゃないかしら。鈴子さん、おしゃれだから」

「ああ、そうだった。あれは身支度に時間がかかってばかりで……」

「わたくしだって、本当はこんな髪留めをするような歳でもないんですけどね。茉優《まゆ》が、茉優っていうのは、わたくしの孫娘なんですけど、ようやく小学校に上がりましてね、お受験っていうんですか、面接やら試験やら小さい子が頑張って、S学園小学校に上がりましたら、急にませっ気が出てきて、言うんですよ。おばあちゃま、可愛い髪留めを作ってよって。S学園では、ひとつに束ねる髪留めだけは着けて行ってもいいんですって。それで、茉優に頼まれたものですから、わたくしの昔着ていた和服の切れ端を、これね、クルミボタンにして……」

「胡桃《くるみ》のボタン？」

伊佐夫が言うと、サチさんは、ほほほほほと声をあげて笑った。

「胡桃じゃないですよ。包《くる》み。ボタンを包むんですよ。本郷さん、おかしいわ」

「ああ、そうでしたね。包み。包み」

そうだった、くるみ違いだ。この説明も、もう何度も聞いていた。いつも同じところに引っかかって、同じことを訊いてしまい、同じところで笑いあっているのだ。そのことを思い出し、伊佐夫は苦笑したが、ささやかな笑いをサチさんにもたらすことができたことがうれしくもあった。

「あー！　いたいた！　あそこね！」

廊下の奥から頓狂な声がした。ドタバタと大きな体で走ってくるのは、タイ人のメイドだ。名前はたしか……。

「勝手に出てっちゃダメよ！　また転んだら、どオするの！」

こんなところで、あの無作法なメイドときたら、しきりと大声を上げるではないか。

「もう！　困ったおじいさんだ！　行クよ！」

叱られているのが自分だと分かった伊佐夫は、失礼なメイドに腹が立った。

「何を言っているんだ、君は。口のきき方がなっていないぞ。誰に雇われていると思ってるんだ」

マギー。

名前を思い出した。名前が浮かぶと同時に、このマギーが以前、鈴子の腕時計を盗んだことも思い出す。

あの時、きちんとメイド派遣センターに伝えておけばよかったのだ。クビにするだけではおさまらず、他の日本人駐在員の家にも二度と上がらせないようセンターに伝えておこうと伊佐夫は言ったのだったが、鈴子が、これまでの働きに免じて許してあげて、とかばった。

一事が万事、鈴子はこんな感じだ。心根が良いせいで、発展途上国では舐められる。今度という今度は、甘い顔はしていられない。伊佐夫は舌鋒鋭くマギーの非礼を糾弾した。センターに伝えると宣言してやった。窃盗だけにとどまらず、主人である伊佐夫にこんな口のきき方をするとは、許しがたい。これだから暑い国の人間はあてにならない。働かなくてもそこら辺で勝手に実っているバナナやパイナップルを食べて暮らしていけるような熱帯地域の人間というのは、長年、飢えや凍死を防ぐためにあまたの工夫をしなければならなかった寒冷地の人間に比べ、体の根っこのところに怠け癖がこびりついているというのが、伊佐夫の持論だ。

伊佐夫に怒鳴られたマギーは顔を真っ赤にしてくちびるをわなわなとふるわせている。途中でぷいと背を向けて、どこかに行ってしまった。と思ったら、ユニットAの小広間から、ヘルパーの神原《かんばら》さんが青ざめた顔でこちらに向かってきた。

「本郷さん、どうしましたか」

神原さんはさすがにこの仕事のプロだ。心得ている、と伊佐夫は思う。失礼なマギーの言動について伊佐夫が報告すると、神原さんは悲しそうな顔をして丁寧に詫《わ》びた。伊佐夫はまだ怒りがおさまらなかったが、傍《かたわ》らにいたサチさんの不安げな顔を見て、反省した。公の場で声を荒らげるなんて、情けないことをしてしまった。我慢のきかない老人にだけはなりたくない。詫びると、サチさんの表情が明るく戻った。

「淑子《よしこ》ちゃん。今ね、本郷さんたら、面白いのよ。わたくしのこの髪留めのボタンを見て、なんて言ったと思う？」

サチさんが、雰囲気を変えようと思いやり、神原さんにゆっくりと訊いている。

「さあ。なんて、おっしゃったんですか」

神原さんがサチさんの車椅子に手をかけながら、笑顔で訊く。

「食べ物のね、胡桃の、ボタンですって」

「あら。でも、胡桃みたいで可愛いかたちですよね」

「胡桃は胡桃でも、包みボタンですよ。ふふふふ」

サチさんが笑う。神原さんも笑う。伊佐夫も笑う。

「そういや、神原さん。鈴子が遅いんですが、今日、朝入浴のグループでしたか」

伊佐夫が言った。

「鈴子さんは……」

神原さんが廊下の奥を覗くような身振りをする。

「まだ髪をやってるんじゃないかしら。鈴子さんはおしゃれだから」

サチさんがそう言って、ふふふ、と笑う。神原さんは浴室のあるほうを眺めるようなそぶりをしてから、

「そうですねえ。ひとまず小広間に行きましょうか。本郷さんも行きましょう。お昼ご飯まで、皆でテレビでも見ながら、おしゃべりしましょう」

と言う。そのままこの場を離れようとした神原さんに、伊佐夫は言う。

「これ、見たでしょう？　カメムシ、わたしの部屋にも出ますよ。なんとかしてもらわないと」

貼り紙に目をやった神原さんは眉をひそめて、大きく頷《うなず》いた。

「本当にねえ、困っちゃいますよねえ。毎年秋になるとこの虫が室内にたくさん入ってくるんですよねえ」

秋？

よく見ると、欅の葉はいつの間にか紅く色づいている。

そうか、夏は終わっていたのか。

「冬眠なんてされたら困りますから、窓は開けないようにしましょうね」

やんわりと注意を受けたような気がして、

「開けてませんよ」

伊佐夫はぴしゃりと返した。

「そうですよねえ。あの虫は体が平べったいから、網戸やサッシの隙間から身を滑らすようにして入ってくるんですよね」

「食堂の窓がよく開いているから、開けっ放しにしないようにしてもらわないと。ああいう虫は女性は皆、嫌うものですから」

「お手玉を作る時期でしょう?」

サチさんが言う。カメムシの貼り紙の横に、スポーツデーの告知が貼ってあった。サチさんはこのことを言っていたのだと気づく。

「そう、そう。来週、スポーツデーですから、そろそろ皆でお手玉作りをしましょうね」

体育の日の前後に開かれるスポーツデーでは、近所の小学生を招いて、おたまにお手玉を載せて受け渡すリレーをする。器用なサチさんに作ってもらえれば、こどもたちが喜ぶようなお手玉で、リレーができるだろう。

「わたくし、作りますよ。手仕事は得意ですから」

「まあ、それはぜひ、お願いします。でも、じゃあ、ひとまず小広間に行きましょうか。皆さんにも、お手玉作りのお願いをしないとならないから」

「わたくし、ひとりで作れますよ、たくさん」

とサチさんがおっとり言う。

「そうですね。それはぜひ、お願いします。ではあっちに行きましょう」

サチさんが車椅子をゆるゆると回転させる。

「サチさん、そっちじゃないですよ。小広間はこっちですよ。さあ、さあ、今日のお昼はデザートがつくんです。プリンですよお」

歌うように神原さんが言う。

「まあ、プリン」

サチさんが嬉しそうな声を出す。その頰がほころんでいるのだろうと思うと、伊佐夫は嬉しい。杖をついて、ふたりについてゆく。

「何味のプリンかしら」

「味は……卵味ですよ」

神原さんがゆっくりゆっくりサチさんの車椅子を押して、その少し後ろを伊佐夫が杖をつきながら歩いている。木洩《こも》れ日ははらはらと廊下にこぼれ続けている。実に気持ちのよい季節だ。日本は四季があるからこそ、色とりどりの文化が生まれ、工夫が生まれ、季節を愛《め》でる深い心が生まれたのだと伊佐夫は感じる。

穏やかな日が続いている。

ほっけの塩焼き、豆と挽肉の団子のトマト煮、青菜、えのきの味噌汁、ゆるく炊いたごはん。ユニットAの小広間でそんな朝食を食べている時、ふいに伊佐夫は自分がいるこの場所がホームの何階だったのか、気になってしまう。

前にも誰かに訊いた気がするのだが、思い出せない。

「君、えーと、そこの君」

見覚えのある浅黒い肌のアジア系の女に声をかけた。

「はい?」

と振り向いた女が警戒するようなまなざしを向けてきたので、伊佐夫は内心で腹を立てる。名前が出てこないのだが、たしか鈴子が雇ったメイドだったはずだ。なぜメイドを雇うのかといえば、そうしないとビザが下りないからだ。決して、富裕な暮らしを味わおうなどと傲慢なことは思っていない。メイドを雇うことは、現地の雇用を守ることにもなる。

「なに?」

メイドは慎重な顔つきで訊いてくる。このメイドは、持田《もちだ》さんやサチさんの世話をしている時はにこにこと朗らかなのに、なぜか伊佐夫と話す時だけ、構えた顔つきになる。そのことに腹立たしさを感じたものの、そもそも何を訊こうとしていたかを思い出せないため、伊佐夫は困惑するばかりだ。仕方なく、

「鈴子はもう食べたのか」

と、どうでもいいことを訊いてみた。

「……食べたよ」

メイドはぶっきらぼうに答える。いくら日本語が不自由だからといって、雇い主にこの口のきき方は何だろう。

「鈴子はどこに行った？」

伊佐夫が訊くと、メイドは困ったような表情になってきょろきょろとあたりを見回す。

「おい。知らないのか」

メイドが、神原さん、神原さん、と呼びに行く。すぐに神原さんが伊佐夫のところにやって来た。

「鈴子は……」

「そろそろお片付けしましょうね。今日はこのあと、お手玉リレーをしますよ。サチさんが作ってくれたお手玉を使いましょうね。笑顔体操の先生がいらっしゃいますから、みんなで笑顔体操をしてから、お手玉リレーを楽しみましょうね」

神原さんがやわらかい口ぶりでとめどなく喋っている。

食べ終えた朝食のトレーを、神原さんとメイドが片付けてゆく。

朝食を終えると、午前中に入浴する割り当てになっている数人を除いて、昼まで自由に過ごす。小広間はだいたいいつもテレビがついていて、テレビを観たり、新聞や雑誌を読んだりして、静かに寛《くつろ》いでいる。他のユニットもこのような感じであろう。

ユニットというのは、ホームのフロアをいくつかに分けた居住エリアのことだ。居住者たちを孤立させないよう、大家族のような単位でまとまって過ごすように仕切られている。

伊佐夫たちのいる「ユニットA」は、小広間を囲うように八つの居室がある。居室から出てくれば、すぐに皆の顔を見ることができる上、小広間はユニットAを担当する職員の事務室にも繋《つな》がっているから、急に気分が悪くなった時など、すぐに声をかけられて安心だ。小広間の中央の壁に五十インチの液晶テレビが据えられ、食事する時には拡張することのできるテーブルがその前にある。

窓の外を見ると、紅い葉もすっかり落ちて、欅の枝と枝のあいだから、住宅地の屋根を見渡せる。この眺め。三階か、せいぜい四階程度だろうと伊佐夫は思う。追求したいと思わないのは、何階でも構わないと心のどこかで感じているからだった。何階でも構わないが、窓の外に樹が見えるのは、やはり心安らぐものである。タイでもマレーシアでも、高層階に住んでいたから、ベランダの向こうは空しかなかった。

伊佐夫は神原さんを呼んだ。何を訊きたいのか分からないのに、いくつも訊きたいことがある気がした。

神原さんはすぐに来て、

「本郷さん。お手玉の用意をしますから、しばらく持田さんやフユ子さんと一緒にテレビを観ていてくださいねえ」

背中を優しく撫でてくれる。

何も不満はない。そのことを伊佐夫は改めて自分に言い聞かせる。困ることはなにもない。何かあれば、神原さんに言えば解決してくれる。ユニットAがあるのだから、ユニットB、ユニットC……と、他の区域もあると思うが、それについても、詳しいことを伊佐夫は知らない。もちろん入居時に説明を受けて資料も読み込んだはずだったが、細かいことは忘れてしまった。そういえば、今寝起きしている部屋の前に、窓が二つある部屋に住んでいたような気もするのだが……。伊佐夫は何かを思い出しかける。しかし、記憶はいつだってふっと横道にそれて、靄《もや》がかかってしまう。何を思い出そうとしていたのだろう。靄が心を埋め尽くしてゆき、淡いかなしみだけ残った。

どのくらい経ったのだろう。

サチさんが発した声で、伊佐夫はうたた寝から目を覚ました。

小広間にはいつものようにカーテン越しの陽光が注ぎ込み、中央のテレビを囲んで、皆が座っている。テレビのチャンネルは、以前は自由に替えられたが、観たい番組が相容《い》れずに揉《も》め事がおこったため、今は月ごとにチャンネルが決められている。ずいぶん前に、昼間の番組はがちゃがちゃとしていて耳障りだから音量を絞ってほしいと、神原さんに訴えたのは伊佐夫だった。

「あーあーこれ、前に見たよう。たおれちゃう　たおれちゃう」

サチさんはさっきからテレビに向かって怯《おび》えた声を発している。画面を見ると、組体操の人間タワーが大映しされていた。「前に見た」とサチさんが言っているのは、近所の小学校の運動会のことだろう。テレビの映像は、関西のほうの中学校の運動会のものだそうで、まったく別のタワーである。

伊佐夫は近所の小学校が運動会で造りあげる人間タワーを毎年楽しみにしている。土台を組み立て、中段の子が身を起こし、最後の一人が怖いものなしの立ち上がり方をする瞬間、伊佐夫は胸を突かれるような感動を覚えた。

ワット・アルンだ。

初めて見たとき、ワット・アルンと呼ばれるタイの寺院の、仏塔を思い出した。川なのに流れがほとんどなく、ただ淀んで揺蕩《たゆた》っているようなチャオプラヤに、舟が浮かんでいて、乗っているのは伊佐夫と鈴子だ。オイルのにおいのきつさに、鈴子はスカーフで口元を覆った。ふたりはワット・アルンを眺めていた。

パスポートを取得したのも、国際線に乗ったのも、タイの工場への赴任時が初めてだった。用意された高層マンションは、一見豪華だったが部屋のあちこちにガタがきていて、台所の物入れを開けると大きな蟻が這っていた。ヤモリはしょっちゅうで、一度だけだが、蛇が出たこともあった。

忙しくて、観光らしい観光はほとんどできなかった。そんな中、鈴子の強い希望でワット・アルンだけは三度訪れた。三度も訪問した観光地はワット・アルンだけだった。太陽に向かって屹立《きつりつ》する姿は、雄々しいのにどこか華奢《きやしや》で、美しく荘厳だった。

タイへの赴任は、一度目は三年、次が五年。その後も伊佐夫はマレーシアやインドネシアの工場を監督し、最後、三度目にタイに舞い戻り、工場の閉鎖に立ちあって会社員人生を終えた。爛《ただ》れるような暑さ、青く光る空。近接した国でも、川ひとつ挟むと景色がまるで違う。同じ国内でもひとつの山を越えるだけでまるきり違う言葉を話していたりするああした国々の生々しい活力に魅せられながら、日本人であるというだけで、相手を萎縮させることも、相手から舐められることもあるのだと、伊佐夫は知っていった。ワット・アルンは他のさまざまな観光地の風景と混ざり合い、伊佐夫の中でゆっくりと輪郭を失くし、肌に粘つく空気の中の記憶へ溶けた。

それが突然よみがえったのが、小学生のつくる人間タワーを見た時だった。シルエットが、同じだった。チャオプラヤ川から見たあの塔のかたちに、重なって見えた。こどもたちの作り上げる凄まじいばかりの塔。その迫力に圧倒されながら、同時に伊佐夫は泉のように噴き出した記憶の痛みに締めつけられ、息を止めていた。なぜか分からない、懐かしさは苦しさに似ていた。伊佐夫はこどもたちが作るタワーに見とれ、同時に自分の中を流れていった時間がもう二度とは戻らないという真実を、未知の痛みとともに思い知らされていた。

今、テレビに映っている人間タワーは、ワット・アルンとは少し違うかたちだ。大がかりだが、ワット・アルンの、屹立したシルエットとは別物の、三角錐《すい》のように整った形状である。

高さはどのくらいあるのだろう。一、二、三、四……伊佐夫が目を細くして下から順に数えているうち、テレビのアナウンスが「十段のピラミッドです」と告げた。なるほど、と伊佐夫は納得する。組体操の最後でこどもたちが作る人間やぐらのようなものは、「タワー」と「ピラミッド」の二種類があって、空へ屹立して組まれるのが「タワー」、三角錐が「ピラミッド」と呼ばれているようだ。今テレビに出ているこのピラミッドが十段なら、あのワット・アルンは何段あったのだろう。あれも十段か、もっと高いのではないかと思うが、下段では立って支えている子もいたように思うから、段数の違いがそのまま高さに繋がるのではないのかもしれない。

あの小学校は素晴らしい。教育が良いのだろう、児童が若者らしくきびきびと動いていて、先生の姿勢も良い。毎年つくられ、しかし一分と留まることのないワット・アルン。あれを見ることは、伊佐夫にとって特別な時間であった。

今年は……そうだ、途中で眩暈《めまい》がして頭が痛くなってきたから、神原さんに声をかけてホームに戻ったのだ。もう少し見ていたかったのだが、視界が暗くなってきて、これはいけないと思った。あのタワーを見られなかったのは惜しいことをした。そう思うと同時に、心が締めつけられる感じがした。またこれだ。最近は、心に切り込むような痛みを感じ、その理由を後からじわじわと理解する。感情よりも、記憶のほうが緩やかだ。心の痛みの根元を辿《たど》れば、ああそうだったと思い出す。そうだった、そうだった、毎年あのワット・アルンを楽しみにしていたのに、柄にもなく脱水症状を起こしてしまったのだった。それほど暑い日でもなかったし、喉なんかちっとも渇いていなかったし、何より南国で二十年近く気張ってきたというのに。

——もう神経がばかになってるから気をつけてあげてくださいね。

医師が神原さんにそう言っているのが聞こえて、ベッドで点滴を打たれていた伊佐夫は、無言のまま、ひどく傷ついていた。

神経がばかになってる。

今も、その言葉を思い出しただけで、怒りの玉が吐き出せないまま喉元に詰まるのを感じる。

歳をとるということは、こういうことなのだ。こういう無自覚な、場合によっては親切なつもりでさえある言葉が、自分にだけ刃のように尖《とが》り、それを見ない気づかないふりで穏やかに受け流さなければ余計に辛くなってゆくということ。なぜならその言葉は、たいていの場合、真実だから。

「やあねえ」

フユ子さんの声がした。

テレビ画面では関西の中学校の人間タワーの映像を、繰り返し何度も何度も流している。完成したと思ったとたんにがらがらと崩れてしまうのだ。撮っているのは見学の保護者だろうか、映像は手ぶれしたが、怪我人が救急車で搬送されてゆくところまで映っている。

「あれ、怖かったじゃないねえ。今思い出しても怖いもの。あんなのこどもにやらせて、痛々しいったらありゃしない」

フユ子さんが言っている。

――こうした人間ピラミッドの事故が多発しておりますが、どのようにすれば食い止められると思いますか。

スタジオのキャスターが訊《たず》ねると、どういう資格で呼ばれているのか分からないが、組体操に詳しいのだろう論客が答えている。

――正直言って、もう、このピラミッド自体、組体操の演目から外すか、やるにしても高さを制限するなどの決め事をしなければならない時期に来ていると思います。組体操関連の事故は年間八千件起きているんです。過去四十六年間で……。

「ばかばかしい」

伊佐夫はテレビに向かって吐き捨てる。

「こどもの怪我をいちいち怖がって何でもかんでも中止していったら、教育にならんだろう」

「あら」

フユ子さんが横から口を出す。

「教育教育って、こんな危なっかしいこと、教育とは言いませんよ。ああ、観ているだけではらはらする」

「だからね、一体こどもってのは、はらはらする経験から学んでいくんじゃないか。これだから、日本はますます弱い国になってしまう」

「日本は……って」

フユ子さんがうっすら笑う。

「そんなことを言って、大事な日本のこどもたちが怪我をしたらどうするんですか」

「怪我くらい、階段から落ちたってするさ。そんなことを言ったら、登下校の道のほうがよっぽど危険かもしれんよ」

伊佐夫はそう言って鼻を鳴らした。どうしてこんなに腹が立つのか分からない。こどもたちのワット・アルンを否定されたようで、面白くなかった。

「皆がまとまってワット・アルンを作ったっていうのは、一生の自信になることだ。ああいう感動っていうのは、おとなになったら味わえんよ」

「ワット・アルン?」

「神原さんだってそう思うでしょう?」

伊佐夫は神原さんに問いかけつつ、まったくその通りだと自分の言葉に自分で納得する。

あの学校はたいしたものだと改めて思う。危険危険とばかの一つ覚えのように声高に言うことで何かと成長の芽をつんでしまうような今の時代において、作る者を一体化させ、観ている者を感動させ、心に大きな何かを残す。そうしたものを生み出せる現場が、今の日本では少なくなっている。フユ子さんや、マスコミの人間たちの浅はかな声によって、ますます奪われていくのだろう。情けないことだ。

「でもね、本郷さん」

神原さんが言った。

「この春の運動会、わたしたちが帰った後で、六年生の人間タワー、倒れちゃったそうですよ」

「ええ？」

伊佐夫は眉を寄せる。

「そうですよ。そうそう」

フユ子さんが、それ見たことかとばかり、声を上げた。

「本郷さんはご覧になってないからのんきなことをおっしゃるの。ほら、あの時、途中で体調をお崩しになって帰られたでしょ。その後が、大変だったんですよ。こどもたちの人間タワー、最後に……、ねえ」

フユ子さんが周囲に声をかけるが誰も応じない。持田さんは無表情だし、サチさんも困ったような顔をしているだけだ。そもそもユニットAの居住者で毎日頻繁に会話をしているのは、今やフユ子さんと伊佐夫のふたりだけなのだった。

「かわいそうに、怪我をした子も出てしまったっていうから、もしかしたら、来年はやらないかもしれないけど、そのほうがいいわ。神原さんのお子さんだって、来年六年生でしょう？　あんな怖いこと、させたくないんじゃないの？」

「そうですねえ。うちは、男の子だからいいんですけど。女の子の親御さんとか、やっぱり心配している方もいるでしょうね」

と、信じられないことに、神原さんまでフユ子さんに同調しているではないか。

「危険だなんだでこどもたちの機会を奪っていったらなんの教育もできんぞ」

教育。そうだ。最近の若手がうたれ弱いのは、大事にされ過ぎているからだ。おとなたちに守られ続けた結果、現地職員の何倍もの給料をもらいながら、ちょっと怒鳴られただけで工場に出られなくなるようなヘナチョコな青年となる。もっとも大切な教育は、こどもの時になされるべきものなのだ。

何人もの部下が辞めていった。たまに帰国したおり同期から、若手に「駐在潰し」と呼ばれていることを聞いた。潰そうとしているわけではなかった。勝手に潰れるのだ。その証拠に、現地採用のハングリーな若者の中には、少数だったが伊佐夫に食らいつこうとする者もいた。伊佐夫は彼らを好もしく思い、親身に指導をする一方で、日本からきた駐在員たちの脆《もろ》さをいまいましく思った。

不景気が長引き、会社は現地採用枠を増やす一方で、駐在員の派遣をしぶるようになった。伊佐夫は海外の工場長として会社員人生を終えた。日本に戻っての出世競争に興味はなかった。いや、正確には違う。本流を外れたことを知って、その道を自ら捨てたのだ。腹芸に興味はなかった。最後に勤めたランプーン工場が閉鎖となり、日本に戻った時には、伊佐夫の居場所はなかった。

穏やかな日が続いている。

テレビが夜の冷え込みを告げている。ホームの中はぽかぽかとあたたかい。夜の冷え込みとは無縁の世界だ。

朝食の時間に、神原さんから話があった。

「みなさん、前にもお話ししましたが、今日は、桜丘小学校の、六年生が、遊びにきます。班ごとに分かれて、各ユニットを、訪問します。少人数ですので、お話がしやすいと思いますよ。みなさん、ぜひ楽しんでくださいね」

皆の前で話す時、神原さんは、文節を丁寧に区切って発言する。伊佐夫としては、こんなふうにこどもに理解させるかのようにゆっくり話されていると、馬鹿にされているようで、聞き取ってやる気がしなくなる。もっと普通に話してくれと頼んだこともある。本郷さんのようにお若い方ばかりでしたらいいんですけど……と、その時神原さんは、困ったような笑顔を向けてくれた。分かるでしょう？　と言われているようで、それは分かっていますよ、という意味で伊佐夫も鷹揚《おうよう》に頷いてやったのだが、やっぱりこの、老人向けの話し方というのは、聞いているだけでくたびれてくるものだった。

もちろん、このユニットには、向井《むかい》さんや猪俣《いのまた》さんのように補聴器をつけている人も多いのだし、中には聞き取るための集中力がなくなってきたように思える者もいる。そんなことは分かっている。今、伊佐夫の横でテレビを観ている、このユニットではただひとりの男性仲間である持田さんは、少し前までは仕事の話をし合ったりもしたのだが、最近はだいたいいつも寝起きのような顔つきで、ひとの話を聞いてもいない。今も、神原さんの言ったことをちゃんと聞いていたのだろうか。歳をとるのは厭なことだと伊佐夫は思う。

その時、

「楽しむって言われてもねえ」

青みがかったレンズの眼鏡のフユ子さんが高らかに言うのが聞こえた。またか、と伊佐夫は舌打ちする。フユ子さんはいつもこうなのだ。皮肉めいたことを言いたがる。ユニットAの居住者はみな口数が少ないので、小広間にいるとだいたいフユ子さんのおしゃべりを聞くはめになる。無邪気に孫自慢をするサチさんのことを、「あの人もすっかり呆《ぼ》けちゃって」と陰で言っているのを聞いたこともある。チームにこういう人間が一人いると、それだけでパフォーマンスが大きく下がるのだ。

だから伊佐夫は言ってやる。

「こどもが来るのはおおいに結構。毎日毎日こんな死にかけの老人だけで顔を突き合わせていても、楽しいことなんかないぞ」

どうだ、と思って傍らの持田さんを見るけれど、相変わらず輪郭がぼやけているような無表情のままだ。かわりに、向かいの席のサチさんがくすくすとちいさく笑う。サチさんの孫はまだちいさいから、孫と同じくらいの年齢のこどもたちに会えるのは嬉しいことだろう。「死にかけの老人」のひとりにされて不愉快に思ったのだろうフユ子さんは、フンと鼻を鳴らしてそっぽをむく。進んで自虐気味に話した伊佐夫は、いっそ心地がよい。自分の老いを認められないほうが余程みじめである。

「こどもたち、いついらっしゃるの」

サチさんが、ころころとした愛らしい声で神原さんに訊いている。そういえば鈴子はどこに行ったのだろう。伊佐夫は不安になる。ついさっきまで一緒にご飯を食べていたような気もするが、しばらく見ていないようにも思う。

「神原さん、神原さん」

伊佐夫が呼ぶと、サチさんと話している神原さんは顔をこちらに向けず「ちょっと待っててねえ」と声だけで返す。ないがしろにされた気がした伊佐夫はつい、

「あいつがいないんだよ！」

と大きな声を出した。神原さんがわずかに緊張した顔をこちらに向ける。

「まだ風呂場にいるんじゃないか。前に貧血を起こしたことがあったろう。見てきてやってくれないかね」

話しながら、すでに伊佐夫は神原さんの顔に浮かぶ緊張と疲労に気づいている。その

意味を、本当は自分も知っていることを、思い出しかける。

神原さんが、見習いのヘルパーを呼びとめる。

「片桐《かたぎり》さん、すみませんけど、お風呂場を見てきてくれる？」

それから伊佐夫に何か話しかけている。急に空気が重たくなり、まるで水中にいるようで、だけど息はできていて、音声だけがくぐもっていて聞き取りにくい。

「ええと、なんだったか」

伊佐夫が問うと、

「今日はこどもたちが十時に来ますからね。楽しみですねえ。本郷さんのお話を聞きにきますから、いっぱいお話をしてあげてくださいね」

「十時に、か」

伊佐夫は壁かけ時計を見た。あと三十分ほどだ。

「こどもさんは、何人くらい、いらっしゃるの」

サチさんが話しかける。

「六年一組のみなさんが来るそうです」

「だから、何人」

「え……全員で三十人くらいと聞いていますけど、ユニットごとに分かれてお話しにくるので、Aの小広間には五、六人のお子さんが来ると思いますよ」

「五、六人なら、みんなでお手玉を作りましょう。淑子ちゃん、お裁縫セットと布と小豆《あずき》を用意してもらえる？」

「サチさん」

「小豆がなかったら、お米を入れてもいいの」

「サチさん。あのね、こどもたち、とっても喜ぶと思うんですけど、今の小学校は規則で、見学先で針や鋏《はさみ》を使っちゃいけないことになっているんですよ」

「あら……」

「残念ですが、今度わたしたちだけで作りましょうね」

そんな規則があるものかと思うが伊佐夫は黙っている。サチさんはあんがいに頑固な性質《たち》で一度こだわると何度も同じことを言い続けるため、「いつか」や「そのうち」という言葉の綾ではごまかせない。そのぶん、「規則」や「ルール」と言えば、それは彼女の素直でまっすぐな心にきちんと刻まれ、二度と言い出さない。神原さんはそのことをよく知っているのだ。

ふと気付くと、いつの間にか目の前に小学生が並び、リコーダーを吹いている。男の子が二人、女の子が三人。ここで披露するために練習してきたのだという『朧月夜《おぼろづきよ》』を演奏している。

菜の花畠に　入日薄れ　見わたす　山の端　霞ふかし……

サチさんがところどころ消え入るような声で歌っている。明るいのに切なく胸に迫るような旋律。ほそぼそとしたサチさんの歌声には何ともいえぬ哀れがある。しかし、こどもたちの中に一人、ちょくちょく音を外す子がいて、どうも演奏に集中できぬまま終えた。

「なかなかよろしい」

伊佐夫は拍手をする。いつもなら積極的におしゃべりをしだすフユ子さんが特に感想を言わないので、かわりに、

「まあ、ちょっと音が外れていたけどね。もう少し練習すれば、きっと良くなるから、頑張りなさい」

と言葉を続ける。もこもこした緑色のセーターを着ている男子がにやにやしながら、

「山田《やまだ》。おまえだろ、外したの」

と言い、傍らの坊主頭の男子がテヘへといった顔で笑った。伊佐夫は、

「人のせいにするのは良くない」

緑のセーターの男子をたしなめておく。悪いことは悪いと教えてやるのは年長者の務

めだ。素直に謝るかと思いきや、最近の子は叱られる経験が少ないと見えて、すぐ顔をこわばらせて黙ってしまうものだから、まったく世話が焼ける。室内で厚いセーターを着ているせいか、彼はひたいにじんわり汗をかいている。こどもは風の子というのに、最近の親はこんなに厚く着こませるのか。

「ほらほら、もういいから、こっちに来なさい」

伊佐夫は彼らを手招きした。

ひたいの広い、賢そうな女の子が壁時計をちらと見て、

「では、五十分まで、お話をさせてください」

と、かしこまった調子で言う。班ごとに分かれて行動しているので、集合時間が決められているのだろう。

神原さんが、

「さあさあ、こちらにどうぞ、皆さん座ってお話してね」

と、伊佐夫、サチさん、フユ子さんの前に並べたパイプ椅子を指して、そこに小学生たちを座らせる。他の居住者たちは、別のテーブルにいたり、部屋で休んだりしているようで、よく喋るメンバーが選ばれたような具合に思えた。

「失礼します」

ひたいの広い女の子が神妙な面持ちで言い、同様に「失礼します」と全員がぼそぼそ

言いながら、伊佐夫たちの前に腰を下ろす。

さあ、何を話そう。

目の前の小学生たちと自分たちに共通した話題など思いつかない。小学生たちにとっても、学校の社会科見学か何かの一環でこんなところに連れてこられて、退屈しているだろう。こういう時こそいつものようにぺらぺらと話しかければ良いものを、なぜだかフユ子さんが元気なく、黙りこくっている。伊佐夫は舌打ちしたいような気分になりながら、仕方なく、学校は楽しいかだの、勉強を頑張っているのかだの、お父さんは忙しく働いているのか、などとつまらないことを訊くはめになる。答えるのはひたいの広い女の子だけだ。さっき少し注意をしただけでセーターの男子も坊主頭の山田も萎縮してしまい、他の女子二人もだんまりを決め込んで、まったく頼りない。

「中学生になったら英語をがんばりなさいよ」

伊佐夫は、ひたいの広い女の子に向かって言う。

「はい」

彼女は大きく頷いた。きっと勉強がよくできる子なのだ。これからの時代、ますます女性が強くなり、社会進出してゆくだろう。とても良いことだと伊佐夫は思う。

「グローバルな世の中だからね。わたしも海外での仕事が長かったんだが、まず英語、それから中国語も必要だ。でも、それだけじゃあダメだ。人間、中身がないといけない。

だから君たちは今勉強しているんだよ。君たちがおとなになったころには、アジア圏から優秀な競争相手がわんさかやってくる。英語と中国語とコンピュータを頑張らないと、この格差社会だ。落ちこぼれてエライ目に遭うぞ」

真剣に話してやっているのに、坊主頭の山田も、緑のセーターも、困ったような中途半端な笑みを浮かべているばかりで、気の利いた言葉を返すでもない。端の女の子ふたりも、黙ってはいるが、心が入っていないのがよく分かる無表情だ。

「君たちからは、何か質問はないのかね」

たまりかねて伊佐夫が言うと、ますますしーんと静まり返ってしまう。社交性のない小学生たちに呆れ、伊佐夫は、

「そういえば」

と、自ら切り出してやる。

「君たちは運動会で組体操をやったんだろう」

「はい」

全員が大きく頷く。

「人間タワー、今年は失敗したんだって？」

こどもたちは一瞬硬直し、その顔を見合わせる。少し意地悪な質問だったのかもしれない、と思ったら、やはり代表して答えたのはひたいの広い女の子だった。

「失敗っていうか、立つことは立ったんですけど、最後、気の緩みで……」

彼女が口ごもる。すると、

「失敗」

と、山田がにやついた顔で開き直るような言い方をした。

「残念だったね」

そんなつもりはなかったのに、伊佐夫はつい暗い口ぶりになり、それを受けて、

「ごめんなさい」

と、誰かが謝る。

心のどこかをちくと抓《つね》られた気がした。この感覚。記憶は眠っているのに、先に感情だけが再現されてしまう、この感じを、伊佐夫は最近とみに多く味わっている気がした。

「まあ、いい経験だ。この失敗をバネにして、中学に上がったら、もっと大きなものを作ったらいい」

その時ふいに、

「あのう……」

と、つぶやくような声で、ひたいの広い女の子のとなりにいる小柄な少女が、テーブルの左端にいるフユ子さんに向かって訊ねる。

「大丈夫ですか?」

そこでようやく伊佐夫は気づく。フユ子さんが泣いていた。白いハンカチで涙をぬぐっている。真っ赤な目をして。

「フユ子さん、フユ子さん」

サチさんが、フユ子さんの手をぎゅっと握っている。フユ子さんは口元をふるわせて、いやだわ、ごめんなさい、と弱々しく笑った。そして、

「さっきの。疎開先で歌っていたのを思い出しちゃったもんだから」

と言った。

「疎開先？」

眉を寄せる伊佐夫の横で、唐突に、サチさんが歌い出す。

菜の花畠に　入日薄れ　見わたす　山の端　霞ふかし……

伊佐夫は慌てる。リコーダーに合わせて歌っていた時はそれほど目立たなかったが、アカペラでサチさんに歌わせるとところどころ調子外れになり、テンポも乱れ、声が不自然に裏返る。こんな歌声を聞かせたら、こどもたちに笑われてしまう。サチさんが笑われるところを、見たくはなかった。

里わの火影《ほかげ》も　森の色も
田中の小路をたどる人も
蛙《かわず》のなくねも　かねの音も
さながら霞める　朧月夜

しかし伊佐夫の予想は外れた。最初こそ呆気にとられたようだった小学生たちだが、やがてサチさんの歌声に聴き入っていく。坊主頭の山田も、その横のセーターの少年も、小柄な少女も、三つ編みの少女も、そして伊佐夫の前で優等生の返事を崩さなかったひたいの広い少女も。五人はサチさんの歌声に真剣に耳を傾け、静かに味わっている。

三つ編みの少女の目から涙がひとつぶ落ちてゆくのを伊佐夫は見た。

清らかな涙に、伊佐夫は言葉を失った。

こどもたちは、ここに来て、困っていたわけでも退屈していたわけでもなかった。

ただ、緊張していたのだ。伊佐夫たちに喜んでもらおうと、いっしょうけんめいにリコーダーを吹いたのだ。

そう気づいた時、ふっと、鈴子の言葉を思い出した。

——あなたが言わせたんじゃないですか。

鈴子はそう言った。あいつにしては、強い調子で俺を責めた。

いつのことだ。記憶がまだらになって霞んでゆく。こぼれてゆく砂を掬うように、伊佐夫は両の手をそっと頭にやる。あの時、なぜ鈴子に責められたのか——。

思い出せそうだ。頭の、すぐ、このあたりにある記憶。

ニシムラ、という名前が浮かんだ。少年のようなつるつるした顔の、若い男。まるい目玉が伊佐夫の前ではおどおどとふるえた。ニシムラ、ニシムラ……下の名前を思い出せない。覚えているのは、あの丸い目玉。ギュウッときつく結んでは放つようなまばたきを何度も、何度もした。そうだ、ニシムラは、取り返しのつかないミスをしたのだった。あれは、インドネシアだったか、タイの時だったか。伊佐夫は分厚い冊子の中の一文字をとめどなく探し続けるように、砂粒のような記憶を掬い取ろうとしてゆく。

いや、思えば取り返しがつかないというほどのミスでもなかった。詳しいことは覚えていないが、日本からの発注か請求か、そのあたりの連絡をミスしただけで、時差がそれほどない国どうしだったから、何とか帳尻を合わせられたのではなかったか。それなのに、とりわけ厳しく皆の前で叱ったのは、現地採用の者たちに、駐在員を贔屓《ひいき》しているわけではないのだと見せつけるためだった。いや、それだけではない。駐在員の日本人たちの気持ちを引き締めたいと思った。ニシムラが日頃からどことなく覇気がなく、迫力に欠け、何を言っても、手ごたえがなかったというのもあった。きつい言葉をかけることで、彼の中の何かを呼び覚まそうとした。

「自分に気の緩みがありました」

原因を問われたニシムラは答えた。

あとになって分かったが、ニシムラは、現地職員のミスを庇《かば》っていたのだった。分かった時にはニシムラは出社しなくなっていた。伊佐夫はニシムラのマンションを訪ねた。何度訪ねてもニシムラは居留守を使った。本社の元上司に泣きついたのか、数週間後、ニシムラに帰国辞令が出た。現地職員の告白でニシムラのミスではなかったと分かっても、伊佐夫は最後まで居留守を使ったニシムラを許せなかった。

――あいつ、何も言わなきゃまだ良かったものを、「気の緩みがあった」などとそれらしい言い訳までして。ヒーロー気取りで現地のやつを庇って、挙句にこっちの仕事をフイにした。

伊佐夫の言葉に、

――あなたが言わせたんじゃないですか。

鈴子は厳しい目をして返した。独り身や単身赴任の駐在員の健康を案じて、鈴子は何度か彼らを家に招き、日本食をふるまっていた。ニシムラは家に招かれた時も口数は少ないままだったが、鈴子に話しかけられると、リラックスした笑顔になった。

――ニシムラさん、すごく、努力家でしたのに。

――そんなことは分かっている。

——じゃあ、あなた、どうして守ってやらなかったんですか。

鈴子の言葉に、伊佐夫は言い返した。どのように言い返したかは覚えていないが、とにかく強い言葉で言い返し、夫婦は、それまでにないほどの激しい言葉のやりとりをした。

——ニシムラさんがミスの理由を自分の「気の緩み」にしたのは、そのように言うことを求められてると、彼が分かってしまったからよ。あなたが言わせたんですよ。

首をちいさく振ると、目の前の、ひたいの広い少女と目が合った。

自分は、この少女に求めたのだろうか。

人間タワーの失敗を「気の緩み」だと、謝らせようと、反省させようと、無意識でも小学生に求めたのだろうか。

「鈴子は……」

名前を口にしたとたん、何か切迫したような感情が、喉の奥からこみ上げてきて、伊佐夫は必死に立ち上がり、椅子を後ろに倒してしまう。

「本郷さん、本郷さん」

神原さんが椅子を直してから、伊佐夫の背中にやさしく手をやった。

鈴子はどこだろう。

「鈴子は……」

ふいに伊佐夫は知る。水をのむように静かに、自然に、理解する。

鈴子は、もういない。

「本郷さん、ちょっとひとまわり歩きましょうか」

神原さんが言う。

「今日は朝からずっと座りっぱなしでしたから、いつものお散歩をしていませんでしたよね。ユニットBとの間の掲示板まで行きましょう。カメムシの貼り紙を見にいきましょう。本郷さん、あれ、お好きでしょう」

そう言って、杖を差し出してくれる。

「鈴子は……」

いつだったのだろう。

いつからだろう。いつから自分はひとりだったのだろう。

頭にゆっくりと靄がかかってゆく。

メイドが……いや、メイドではない。彼女はホームのヘルパーだ。鈴子と仲が良かった。彼女は、伊佐夫を不安そうに見ている小学生たちを安心させようと、何か話している。

「このおじいちゃん、虫捕りの名人ネ。この部屋にカメムシがいっぱい出た時、おじいちゃん、全部捕ってくれた。いつも殺さないで外に逃がしたよ。ほんとは優しい」

「カメムシ、どうやって捕まえるんですか」

緑のセーターの子がおずおずと訊いてくる。

カメムシ。

伊佐夫の時間が一瞬止まる。そしてまた動き出す。カメムシの捕まえ方なら知っている。テーブルの上のティッシュを一枚取った。

「日本のカメムシはちいさいだろ。ちいさいけど、あれは臭くてたまらん。素手で触っちゃだめだ。捕まえる時はね、ティッシュを一枚、フワッとかぶせて、端をもって少しずつ、こう、折ってゆく。こんなふうにね」

伊佐夫が実演してみせると、こどもたちは身を乗り出す。

平べったい体をすべりこませるようにして入ってくるあの虫に、素早くティッシュをかぶせて捕まえて、外に放ったのを、伊佐夫は思い出した。いっぺんに二匹、捕まえたこともあった。軽やかに身を動かせたあの感覚が少しばかり蘇る。あの虫の臭いにおいのもとは、カメムシ酸という物質だと鈴子が教えてくれた。カメムシは、自身が発するカメムシ酸のせいで、失神してしまうことさえあるのだ、とか。

「カメムシさんのカメムシ酸に、気をつけて」

そんなささやかなダジャレを言って、伊佐夫は鈴子を笑わせた。鈴子は、亭主の仕事にも社会情勢にも驚くほど無知な割に、妙なところで物知りだった。本をよく読む女だった。

そういえば、鈴子のやつはどこに行ったのだろう。あいつは身支度にいちいち時間がかかるから、きっとまだ鏡の前にいるに違いない。

穏やかな日が続いている。

朝食の時間に、何か晴れやかなことに関する説明があった気がしたが、それはいったい何だったのだろうと伊佐夫は首をかしげる。

背広姿の男たちがものものしく現れたのは、昼食を終えた後だった。

背広の男たちは、すらりとした女学生ふたりを引き連れていた。女学生のひとりは桃色の長い布のようなものを身に着けていて、もうひとりは長いドレスのようなものを着ている。若い女性特有の華やかさが、小広間を一気に明るく光らせる。神原さんとメイドの女、それから、いつからか顔馴染みになった新米ヘルパーが突然拍手をし出した。ぱんぱんぱんと手のひらを打ち合う音が、乾いて響く。伊佐夫は少しばかり戸惑うが、現れた見るからに仕事人である若い者たちの前で、できるだけ矍鑠《かくしゃく》とした姿を見せようと少しばかり胸を張って成り行きを見守る。

背広の男たちの真ん中にいた、ごま塩頭がサチさんの車椅子に駆け寄って、

「おばあちゃん。おめでとう。おめでとう、ね」

そう言いながら、横にしゃがみこんだ。

「若いねえ。おばあちゃん。もっともっと、長生きしてね」

と、その細い肩に手をやっている。

「あんた。この人の、孫かね」

伊佐夫が問うと、ごま塩頭は気の良さそうな笑顔を伊佐夫と、連れてきた女学生たちに向けて、

「孫はわたしじゃないですよ。まあ、わたしも孫みたいなもんですがね……」男は自分の言葉に自分で笑ってから、「おじいちゃんも元気そうですね。おいくつですか」と伊佐夫に訊いた。

伊佐夫が年齢を告げると、

「若いなあ。おじいちゃん、若い！　とてもそんな歳には見えませんよ。やあ、いつまでも長生きしてくださいね」

いったいこの陽気な男は誰なのだろうと伊佐夫は訝《いぶか》しく思う。悪い奴ではなさそうだが、どうにも軽い。傍らの男がさっきからパチリパチリと写真ばかり撮り続けているのも何だか落ちつかない気分にさせる。

「おばあちゃん、おめでとう」

女学生のひとりがサチさんのそばにきてしゃがみこみ、しわだらけのサチさんの手に、

つやつやと光るような自分の白い手を重ねる。

「ああ、まりこ。よく来たね」

「おばあちゃん、ママはあっちだよ。わたしは茉優《まゆ》だよ」

「そうかね、そうかね」

サチさんは頷くが、溶けるようなまなざしは焦点をきちんと定めていない。

茉優と名乗った娘はサチさんの手を撫でながら、

「おばあちゃん。市長さんだよ、記念品を持ってきてくれたんだよ。おばあちゃん、市報にも名前が載るんだよ。百歳のお誕生日、おめでとう」

と言う。ひと言ひと言を喋るたび、女学生はゆっくりと歳をとってゆく。よく見れば、神原さんと同世代か、もう少し年上の、落ち着いた女性がいた。

「いい季節の誕生日ですねえ。もう少しで桜が満開ですよ。おばあちゃん、桜、好き?」

陽気な男がサチさんに問う。サチさんは幸せそうな表情を浮かべているが、質問の意味がぴんと来なかったようだ。少し前に悪い風邪をこじらせてしまって、それが原因ですっかり老け込んでしまったサチさんは、最近は言葉数がめっきり減った。車椅子を自分で漕ぐこともなくなった。

「それじゃあ、そろそろ時間なもので……」

桜が好きかと訊ねておいて、陽気な男はサチさんの答えを待たずに、「元気でね」「長生きしてね」と一方的に言葉を繰り出しながら去って行った。あっという間の訪問だった。女学生ふたりはサチさんを囲むようにして残っている。ええと、どちらかが孫の茉優で、もうひとりが、そのお母さんなのだから、サチさんの娘なのだろう。伊佐夫はよく似たふたりを見やる。娘も孫も、ずいぶんと華やいだ恰好をしていて、良いにおいがする。

「お母さん、茉優たち家族はこの近くに家を買ったんですよ」

娘と思われる方がサチさんに告げている。よく見ると、彼女も女学生などではなかった。若作りをしているが、鈴子と変わらぬ年頃の、品のいい女性がいた。孫の茉優が頷いて続ける。

「おばあちゃん、引っ越しが落ち着いたら、澪《みお》と聖《ひじり》を連れて、何度も遊びにくるね。あの子たちも、すぐそばの小学校に転校するからね」

「桜丘小かい？」

伊佐夫は割り入って訊ねた。茉優は初めて伊佐夫の存在に気付いたというふうに顔をあげた。そして、

「そうです。桜丘小に転入します。来週の始業式から」

意外なほど親しみのこもった笑顔を向けられて、伊佐夫は機嫌を良くする。

「それはいいね。あの小学校は、教育がいいですから。もうじき、運動会をやるはずだ」

「もうじき？」

「人間タワーが有名なんですよ」

「人間タワー」茉優の表情がうっすら曇る。「それって、ピラミッド的な？」

「すごいもんです。あれだけのものを作れるのは、たいしたもんだ。一度見たら感心しますよ」

伊佐夫は言葉を尽くして褒めた。すると、傍らでテーブルを拭いていた女性も、

「わたしも見ました。素晴らしかったですね」

と入ってきてくれる。

「あなたもご覧になりましたか」

見知らぬ顔だが、以前から知っている人のような気もした。若いし、桃色の制服を着ているから、あちら側の人だ。あちら側というのは、施設側ということだ。最近は、一人一人を個別に見極めるよりは、こちら側かあちら側か、と見分けている。それで何の支障もない。

「一度見たら忘れられませんよ。喩《たと》えるならば、タイのワット・アルン。ご存じですか。こう、空に聳《そび》えたつ形で、なんとも気高い塔なんですが……」

「暁《あかつき》の寺、ですか」

茉優が言った。

伊佐夫ははっと胸を突かれた気がした。

暁の寺。そうだ、「暁の寺」だ。ワット・アルン。

「君……、行ったことがあるのかね」

「いえ、行ったことはないんですが、本で」

「そう、暁の寺ですよ。あの塔に、よく似ているんです。わたしは昔タイに駐在をしていたんですがね、妻がワット・アルンを見たいと言いましてね……」

興奮気味に、伊佐夫は言う。

「ですからね、今もこう、浮かぶんですよ。ワット・アルンの、あの裾野がひろがって、ぴんっとしたかたち。わたしは人間タワーを初めて見た時、こう、まざまざとあの南国の空気を思い出しましてね……」

「茉優。そろそろ行かないと。バスの時間だから」

まりこが口を挟んだ。伊佐夫の話に興味を示していたはずの茉優は、とたんにあっさり立ち上がった。よそ行きの笑顔で、

「どうか、祖母をよろしくお願いしますね」

伊佐夫にぺこりと頭をさげてから、

「おばあちゃん。また来るね」

サチさんの手をこするように何度も何度も握って、名残惜しそうに小広間を出て行った。見送りながら伊佐夫は、さきほど茉優に告げられた「暁の寺」という言葉を、心の中でかみしめる。神経がばかになってる――そう言われた。すぐ頭に靄がかかる――それは自分でも感じている。だけども、これが、忘れてはいけない言葉だということは分かった。

鈴子は本が好きだった。よく読んでいた。目がしょぼしょぼしてしまうような細かい文字をいつもその目で追っていた。

ワット・アルンラーチャワラーラーム。

鈴子がそこに登りたがったのは、『暁の寺』という小説を読んだからだ。小説の内容を、鈴子は話してくれたのに、伊佐夫は聞き流した。いつも聞き流した。文字が生み出す作り物の世界に興味を持てなかったから。

――もう、ペストコントロールは止めましょう。

ワット・アルンの頂上で、ふいに鈴子はそう言った。急な階段を登りきったあとだったから、ふたりとも息が切れていた。いくらか呼吸を落ち着けて隣を見ると、鈴子は奇妙に澄んだ、静かな目で遠くを見ていた。

――虫を殺すものは、廻りまわって人を殺すものになるから。

ペストコントロールとは、部屋中を強い殺虫剤入りの気体で満たしてすべての生き物を撲滅させる処置のことだ。当時、伊佐夫たちが暮らしていた駐在員向けのマンションでは、定期的にそれをやるのが当然の倣《なら》いになっていて、時期が来るたび、冷蔵庫におさまりきらない食材をすべて取り出し、メイドのマギーに処置をしてもらっていた。コントロール中はマンション内にある客用寝室で休み、十分に換気をしてもらってから部屋に戻った。

川と街並みの広がるこの美しい光景を前に、なぜ急に、彼女がそんなことを言い出したのか、今思い返しても分からない。

――ペストコントロールをする度に、わたしたち人間も、いつかはこんな目に遭うんじゃないかと怖くなるんですよ。

鈴子は、本当に怯えたような顔をしていた。そんなことを言ったらお前、部屋が虫だらけになるぞ。仕方がないわ、それが自然なのだから。何が自然だ、いつもきゃあきゃあ言って逃げ回っているくせに。からかうと、そりゃあそうよ、虫は嫌いだもの、と鈴子は言うのだ。だから伊佐夫にはわけがわからない。あのね、出てきた虫をその都度おいかけて退治するのと、あんなふうに全部まとめて毒ガスみたいなやり方で抹殺するのとは、何か、大きく違うような気がするんです。同じだよ、そんなの、殺すことは殺すんだから同じだよ。違うわよ、だって、顔を見もしないで、怖がることすらしないで、ただその存在を消すんだから、それはとっても残酷なことよ。お前、生き物を絶対殺さないナントカ教にでもかぶれたのか。いやな人ね、虫は嫌いだって言ってるでしょう、出てきたらパチンってやりますよ。それじゃあ同じじゃないか。だから、違うんですよ。ああいう、何を考えているのか、何を願っているのか、言っていることがよく分からないようなところも含めて、伊佐夫は鈴子を面白がり、彼女と二人でいると心からリラックスしている自分に気づくのだった。

ワット・アルンには陶器のかけらが無数にはめこまれていた。近づいてみると、色みもそのぶん無数にあり、全体がつやつやとしていて、おそらくは名前の通り、暁の時刻には日を跳ね返して美しく光るのだろうと思われた。階段は、一段一段がきつく、登れば登るほど、下りが怖くなるようだった。息を切らして、異国の塔に登り、ふたりして故郷の方向を見やった。暁の方向だった。

夫婦にはこどもがいなかった。長い海外生活を、ふたり、寄り添うようにして生きた。日本からの出張で伊佐夫の暮らす国にやってきた同期や元上司らは、東南アジアといえばとばかりに伊佐夫に買春の情報を求め、伊佐夫を誘ったりしてくることもあったけれど、はぐらかし、取り合わなかった。生涯で知っている女性は鈴子ただ一人。そのことを彼らに気取られ、からかわれたり呆れられたりしたこともあるが、よそへの欲望や好奇心が湧いたことがない。

その鈴子は、退職の時期が近づいてきたころから、

——どちらかの足腰が弱ってきたら、一緒に日本のホームに入りましょう。

などと言っては伊佐夫の気を滅入《めい》らせるようになった。病院のこと、遺産のこと、墓のこと……鈴子が何かと老い支度ばかりしようとするものだから、伊佐夫はその不吉さと莫迦莫迦《ばかばか》しさに、何度も舌打ちした。

——わたしがいなくなった後で、あなたが困らないようにしているんですよ。

鈴子はたしなめるように微笑む。

まったく、不吉なことばかり言って。長生きしてくださいよ、鈴子さん。俺は、あなたが死ぬ一日前に、ぽっくりいくんだからね。

いやだわ、と鈴子は笑う。

——わたしは、わたしがいなくなった後で、あなたが周りの人たちに嫌われてしまうのだけが心配。正義感があって真っすぐで、でも、あなたは人の気持ちに疎いところがあるから……。

鈴子の言葉は伊佐夫の心を温かくも勇ましくもし、同時に、なぜだろう、こどもの頃大きな夕焼けを見た時の、悲しいわけじゃないのに涙が出そうなあの感じで包むのだ。

伊佐夫は照れ隠しで仏頂面を作る。それでも頰が持ち上がる。

「まったく、莫迦なことばかり言って」

呟いたとたん、何か、手の中の大切なものが、砂のようにするすると零れ落ちていく気がした。この手にあった、そのこと自体、忘れてしまうと思った。だが、不思議と心は凪《な》いでいる。忘れることの耐えがたい怖さは、手のひらにまだ残る優しいぬくもりに、そっと包まれていた。あたたかな手ざわりが、伊佐夫の心の中に灯る。

「鈴子はどこだろう」

伊佐夫は彼女がいるかもしれない廊下に向かって、ゆっくりと車椅子を漕ぎだした。窓からは、穏やかな春の陽が注いでいた。もうすぐ、小学校は運動会だ。あの小学校は教育が良いのだろう、毎年素晴らしい組体操をやる。人間タワー、ワット・アルン、今年もあれを見ることができるだろうか。

伊佐夫はゆっくりと目を細めた。

第三話　珠愛月《じゅえる》の決意

鏡の前に立ち、両の手で頰をぱちぱちと叩く。口元をひきしめて自分の顔をにらみつけた。

二週間ぶりに着た紺のスーツは肩のあたりが少し窮屈だった。新しい学年、新しい季節。体重は変わっていないはずだが、普段ジャージで過ごしているから、かっちりした服をたまに着るとそれだけで心持ち緊張する。ファンデーションに口紅をひいただけの簡単な化粧を終えて、沖田《おきた》はアパートから外に出る。

彼女の勤務先である公立小学校までは、自宅アパートから自転車で二十分。今日は新学年の始まりの日だ。空全体がパアッと発光しているような眩《まぶ》しい朝に恵まれた。自転車にまたがって、馴染みの住宅街を走ってゆく。桜はもう八割がた散ってしまい、四月の頭なのに、初夏のような空気だと思う。社会に出て十五年。この仕事に就いて十二年。

年々、春が短くなっている気がする。温暖化の影響だろうか。そう思うとうっすらとした不安がよぎるけれど、今日この日だけを取ってみれば、さわやかで気持ちがよく、いい始業式になりそうだ。自然とペダルを漕ぐ足に力が入る。

職員室で簡単な全体会議をしてから、それぞれの持ち場にわかれた。沖田は登校してくる児童を出迎えるため校門に立つ。おはよう。おはよう。おはようございます。ランドセルのこどもたちが現れると小学校《ここ》の時間が動き出す。

児童たちが校庭いっぱいに整列し、始業式が始まった。担任紹介はこれからだ。教師陣は朝礼台の横にずらりと並ぶ。春休み明けで少し成長してきた児童たちは、発表されたばかりの新しい学級割に興奮し、まだ少しざわざわとしているけれど、いざ校長先生が朝礼台に立つや、さあっと静まり返るから、沖田は誇らしい。この春よそからここに異動してきた先生たちに、さすが桜丘小学校の児童はしっかりしていると思われたい。しかし校長の前島《まえじま》は話が長い。そしてつまらない。話すことをきちんと整理せずに壇に上っているのではないかと思うほど、いつもだらだらと独りよがりに話し続ける。やたらと接続詞が多いだけで、何の話をしていたのか時々分からなくなる。教師の沖田が分からなくなるくらいだから、児童たちはなおさらだろう。それでも彼らは最後まで大人しく聞いている。

「……では、君たちの新しい先生を発表します」

ようやく今日の本題に入った。校庭にさざ波のような緊張が満ちる。

さあ、これからだ。沖田も身構える。教師として働く日々の中で最も気が重い数分間。校長が低学年から順に、担任教師の名前を発表していく。そのたび児童たちは歓声をあげたり、拍手したり、かと思えば「えー」というふうに顔を見合わせて黙り込んだりする。こどもは素直で残酷だ。彼らが思う先生の当たりはずれによって露骨に態度が違う。

「六年一組の担任は」

前島校長の声に、沖田は口角をあげて目を見開く。

「おきたじゅえる先生です」

横に並んでいる新任の教師たちのあいだに、うっすらとした困惑が、広がるのがわかる。

じゅ？

じゅえる……。

彼らの反応は当然だ。まだ、新しい同僚を下の名前まで認知しきれていないのだから。必死に無反応を取り繕っているその下に生まれてしまう隠しきれないおかしみを、沖田は背中で感知するも、気取られぬよう一歩前に出る。まじめな顔を崩さずに「はい」と大きく声をあげた。

「沖田先生には、六年生の学年主任も兼ねてもらいます」

朝礼台の上から前島校長が付け加えた。沖田は胸をはる。深く息を吸って、担任として受け持つことになる六年一組の児童たちの列を眺める。彼らはぱらぱらぱらと乾いた拍手をしていた。ブーイングされるほどでもないが、特に歓迎もされていない。

「次、六年二組の担任は、島倉優也《しまくらゆうや》先生です」

そのとたん、二組の児童たちがどよめくように歓声を上げた。

三組の担任が松村志保子《まつむらしほこ》先生と告げられると、島倉の時ほどではないにしても、あたたかみのある拍手が広がった。

沖田は気にしないことにした。人気など気にしていたら、学級運営はままならない。特に、六年生の一年間は大変なのだ。修学旅行も社会科見学も大がかりだし、こどもたちは部活動や委員会活動で長を務めなければならない。学芸会、音楽発表会、マラソン大会、と行事も山ほどあるが、まずは春の大運動会が控えている。六年生は学年全体で桜丘タワーという大技に取り組むことになっている。

始業式のあと教師と児童は各教室に分かれて、まずは顔合わせである。

教室の引き戸に手をかける時、沖田は努めて何も考えないようにしている。緊張や不安を増幅させる必要はない。ただ勢いで中に入ってしまえばいい。

六年一組の教室は、ざわめいていた。そのことに、沖田は少しだけほっとした。教室が妙に静まり返っていたりしたら厭だなと思った。そして、そんなふうに心配していることを児童にだけは絶対に気づかれてはいけないことも知っていた。堂々としていなければ、すぐにつけ入られることを知っている。

「はい、みなさん、静かにしてください。おはようございます。担任の沖田です」

すかさず、教室のどまんなかの席に座るスポーツ刈りの男の子が、

「じゅえる先生だー」

と語尾を伸ばして言った。とたん、くすくすくすと、低い笑いが広がった。

「なにか言いましたか?」

沖田は真顔のまま、低い声で問う。

「君は、えー、十二番の出畑《でばた》さんですね」

「げげっ。最初から目をつけられた」

出畑がそう言うと、くすくすくすはさらに大きくなって教室中に満ちた。出畑好喜《よしき》。前年度担任をした高梨《たかなし》教諭からの申し送りでは特に問題児がいるという指摘はなかった。だが、最初からちゃちゃを入れてくるような子には要注意だ。

「質問する時は手をあげること。あてられたら、立って答えること」

にこりともせずに沖田は言った。一瞬、出畑は虚を衝かれたような表情になったが、こどもなりにクラス全体の期待を背負っているつもりのようで、

「はい！　はーい！」

と大声で手をあげる。

「はい。出畑さん」

「センセセンセ！　質問！　質問！　じゅえるってどう書くんですか」

立ち上がった出畑は、大きな声や態度のわりに、小柄だった。くすくすくすくす。教室は爆笑に包まれる一歩手前だ。沖田は胸の奥にぞくりとした不安を感じる。だが、改めて眺めると、出畑のくりくりした丸い目は好奇心で満ちているだけで、敵意はない。この子は目立ちたがりのひょうきん者にすぎず、皆を扇動する気はなさそうだ。そうは思うものの、沖田は笑いを選びはしない。こういう子にも、つけ入る隙を与えてはいけない。

「先生の名前は難しいから、苗字の『おきた』だけ覚えてくれれば十分です。では、出席をとります。一番、青木《あおき》さん……」

肩透かしをくらった出畑が一瞬呆けた表情になった。新学期そうそう笑いどころを失った級友たちも、何となく釈然としない空気のまま置いてけぼりの顔をしている。それでいい。あなたたちの新しい担任は、冗談は通じないのだと分かっただろう。沖田は淡々と出欠確認を進めていった。

男子十九名女子十九名。計三十八名。学年全体で去年より十五人増えた。

桜丘駅の再開発が完了し、駅前の大規模マンションの入居が始まったのがちょうど五年前。そのタイミングで小学校入学時にこの街に引っ越してきた子たちが、今の六年生にあたる。さらに学年が下がるごとに児童数は増していき、今年入学する一年生は五学級もある。

もともと桜丘小学校は、隣町の旧緑町小学校と合併して再出発したのだったが、こうなってくると、合併は早まりすぎていたとしか思えない。日本は全体的に少子化傾向だけれど、自治体によってはこどもの数が増え過ぎていて保育園は待機児童だらけだし、小学生の放課後の遊び場も年々少なくなっている。六年一組の教室も、去年の六年生の教室より少し狭くなったように感じる。おまけに転入生もいる。最後列の安田《やすだ》澪《みお》だ。

沖田は安田に簡単な挨拶をさせてから、

「では、今からプリントを配ります。おうちの人にちゃんと渡してくださいね」

と言って、人数分のプリントを裏返したまま前列に順に配布した。新年度の教育体制について報告する文書で、全学年の担当教師が挨拶つきで紹介されている。

裏返したまま配布したのは表に自分の名前が書いてあるからだ。

六年一組担任（学年主任）　沖田珠愛月

今日このプリントを見る児童たちの保護者で、「珠愛月」を一発で読める者が何人いるだろうか。いや、読める、ではない。当てる、だ。この名前の読み方をズバリ当てられる人なんていているのだろうか。保護者たちはプリントを見て、「先生、なんて名前なの」とこどもに確認するはずだ。「じゅえる」と答えるこどもの顔と、「じゅえる？」と確認する親の顔。沖田は、これまでの人生で、ただの一度も初対面の人に自分の名前を正しく呼ばれたことがなかった。

春、この時期になると、いつも考えることがある。もし、転職していなかったらどうしていただろうということだ。

沖田は教職に就く前の三年弱、会社員としてコンピュータメーカーに勤務していた。あの会社なら、部門間の異動や新入りが来た時に自己紹介することがあったとして、苗字だけ名乗れば良かっただろう。そうでなくても、沖田が退社した数年後にアメリカ資本のメーカーに吸収されて、今や社内の公用語は英語だそうだ。その状況ならばこの名前でも問題がなかった。いや、それどころか、外国人に受けて都合がよかったかもしれない。

そんなことを思いめぐらせたあとで、沖田はちいさく笑ってしまう。いいおとなになって名前のことでうじうじと悩んでいるなんて恥ずかしいし、誰にも知られたくはないことだった。

プリントが行き渡った。誰も、そこに書いてある沖田の名前に気づかない。沖田はすぐにランドセルに仕舞うよう皆に指示を出し、

「はい。今日は、以上です。明日から授業が始まります。来週の体育では、さっそく運動会の練習が始まりますから、しっかり体調を整えてきてください。あ、君たち、春休み中に身長がぐぐって伸びてる可能性もあるから、体操着を家で一回着てみること。きつかったら、買い直してもらいなさいね」

スッと、教室の真ん中から手があがった。女の子だ。

「先生、質問です」

と言う。

「近藤《こんどう》さん」

名簿で名前を確認するまでもなく、この子のことは知っていた。ひとクラスにひとりかふたり、こういう目立つ子がいる。近藤蝶。蝶と書いて、「あげは」と読む。こんな名前で地味な顔だちだったら少しかわいそうだが、大きな瞳の、いかにも今風のかわいらしい顔つきだ。きびきびとした動作で立ち上がりつつも、椅子をしまう動作はゆったりとしていて、人を待たせることに頓着しない性質が見て取れる。

「応援団はいつ決めるんですか」

少し早口気味のハキハキした声で彼女は言った。おとなだったら、苦手なタイプだと

沖田は思う。いや、おとなでなくても、苦手なタイプだった。

「応援団は、再来週から練習が始まりますので、来週の学級会で決めたいと思います」

「はい、わかりました」

近藤はまたゆっくりと椅子を引いて、すとんと身を落とすようにして座った。

「俺、団長やろうかなー」

出畑が大きな独り言を言うと、女子が数名、顔を見合わせた。ばかじゃないの。団長は蝶だよ。そんなひそひそ声が聞こえてくる。

「静かに」

と制しても、

「あ、そーだ、センセセンセ、組体操の練習っていつからやるんですか？」

へこたれずに出畑ははしゃぎ続ける。

「質問がある時は手をあげてって言いましたよね」

沖田は硬い表情で言った。

「あーそうだった」

出畑は素直に手をあげた。近藤と違って、ばたばたと音をたてて素早く立ち上がり、立ち上がってしまうと今度は緊張して、同じことを訊くのに早口になって少し言葉がつかえた。沖田は表情を変えずに聞いていたが、内心では苦笑していた。と同時にお調子者の出畑が精神年齢の高い女子から軽んじられているのが分かる気がした。もしかしたら低学年のうちはいじめられていたり、からかわれたりするタイプだったのかもしれない。高学年になって、クラス替えもあり、少し気負っているようだ。

沖田はうなずいて出畑を座らせ、

「出畑さん、いい質問をしてくれましたね。運動会に向けて積極的な姿勢は、先生はうれしいです。ですが、挙手して発言する決まりは守ること。組体操は来週から練習を始めます。運動会までは特別時程になりますので、注意してくださいね。他に質問ある人、いますか」

もうないだろうと思ったが念のため訊いてみると、廊下側の一番前の席の男の子が手をあげた。この子も去年から知っていた。青木栄太郎《えいたろう》。背が高いので目立つ。

「はい、青木さん」

春休みにさらに伸びたようで、青木はもう沖田の身長を抜いていた。眉が太くて精悍な印象で、口の周りにうっすら髭も生え始めている。

「人間タワーって、今年もやるんですか」

青木が変声期特有のがらがらした声でそう訊いた。

とたん出畑が、

「は？　あったりまえじゃん」

と、野次を飛ばす。出畑の前の席の手塚《てづか》も一緒になって、

「やるに決まってんじゃん、六年なんだから」

とちゃちゃを入れた。

「言いたいことがある人は手をあげてって言ったでしょう」

沖田が言うと、手塚と出畑は顔を見合わせてへらへらと笑った。沖田は黙って教室を眺めた。児童が自分たちで気づくまで、沖田は注意をしない。そのかわり、氷のような表情を作る。やがて沖田の様子に気づいた児童がひとり、またひとり、と口をつぐんでゆく。じゅうぶんに待ってから、沖田は口を開いた。

「人間タワーではなくて、桜丘タワーです」

教室はすっかり静まり返っていた。

「転入生の安田さんもいますから念のため説明しておきますが、桜丘タワーは、桜丘小学校が近くの緑町小学校と合併した年から、運動会で始めた演目です。二十四年前、合併を象徴する何かを作ろうという呼びかけで案を募りまして、その当時の六年生、みなさんと同じ歳の子が、全員で大きなタワーを作ろうと提案したそうです。以来二十四年間、君たちの先輩である卒業生、全員が、絆をつないできました。ですから先生は、今年も大きいのを作りたいと思っています」

「やったー」

出畑が声をあげた。何人もが拍手した。近藤も満足そうな表情で手を叩いている。

まさかタワーをやると言っただけで児童たちから拍手が出るとは思っていなかったので、沖田は驚いた。じんわりと喜びが湧き上がる。満足して教室を見まわした沖田は、青木がどんな表情で着席したのかを見逃した。

「青木さん、いいですか？」

気になって声をかけると、「はい」と答えた青木は、すでに無表情だった。


「それ、何ですか」

放課後の職員室で、沖田は同僚の島倉に声をかけられた。沖田は方眼紙に無数の○を描いていた。

「桜丘タワーの、ポジション図」

と答えると、

「まじっすか」

島倉が驚いたように言った。

「あれってこんなふうに作ってんだ」

その馴れ馴れしい言い方が沖田の気に障《さわ》った。注意しようかどうか迷っていると、すばやく察した島倉の方が先に、

「すみません、毎年やってるものだから、申し送りしている設計図があるのだと思っていました」

と、丁寧語に戻った。

ゆとり世代の島倉は軽やかで器用だ。前島校長のような、若者に偏見を持ちがちな人間こそ、彼らがちょっとでも誠実だったり努力をしたりしているところを見ただけで評価を百八十度変えて「若いのに、よくやっている」としてしまう。油断してはいけないと沖田は思っている。

「勿論ありますよ。今年人数が一気に増えたから、ちょっと手を入れないとならないじゃない。島倉くん、理系だったよね。百十四人でつくる桜丘タワーの設計図をつくってくれますか？」

「いいですけど、タワー自体、今年やるんですかね」

「どういうことですか」

「だって、去年ほら、いろいろ騒がれたじゃないですか」

「ああ……そうね。でも、やらないっていう話にはなっていないから」

「そうですか。でしたら、前年の設計図って残ってますか。それ参考に組み直してみます」

職員室の戸が開いて、六年三組を受け持つ松村が現れた。松村志保子は、二児の母だ。

たっぷり五年間の育児休暇をとっておととし復帰し、担任した五年三組からそのまま六年三組に持ち上がった。年齢は沖田より少し上だがいつも白っぽい服を着ていて、髪をふわふわとカールさせているからか、若く見える。人あたりもよい。にこにこと微笑みながら、

「一組の子、すごいですね。三人も団長に立候補しましたよ」

と報告してくれた。運動会に向けて、松村が応援団のとりまとめをし、島倉が徒競走と騎馬戦、沖田が組体操を指導するという担当分けになっている。

「三人も」

沖田はうれしかった。自分のクラスの子が積極的なのは誇らしい。

「二組は？」

と島倉が訊く。

「二組からは出ませんでした。うちの組からは松野《まつの》さんが出ましたけど、五年生の応援団員も含めた皆の投票で、一組の青木くんが白の団長、近藤さんが赤の団長に決まりました」

「え、青木さんが？」

沖田は意外に思った。

すると松村は、沖田が意外に思うこと自体が意外だという顔をして、

「青木くん、良かったですよう。投票前に一人ひと言ずつ自己PRをしてもらいましたけど、堂々としたものでした。五年生はほぼ全員青木くんに入れてたんじゃないかなあ」

　ということは出畑は団長になれなかったのだなと沖田は思った。まあ仕方ないなと納得している自分もいた。

　名前のことでからかわれがちだった少女時代を経て、沖田は人間関係のパワーバランスに敏感な目を持った。自分がこどもだった頃は、教師はこどもの世界には興味もなく無頓着なものだと思い込んでいたが、今思えばそうでもなかったのかもしれない。教師がこども同士の力関係を見抜いていたり、こどもの性質をタイプ分けして見たりしているなんて、考えたこともなかったし、そんな先生がいたら嫌悪したと思うのだが、実際に沖田自身がそのような教師になっている。

　沖田は、学期の始まりに、だいたいこの子とこの子をおさえておけばよいという児童を見抜くことができる。その印象からも近藤蝶が団長になったのは納得だった。

　近藤はまさに最初におさえておくべき児童だ。気が強く、一部の男子に対してはきつい物言いをしたり、時々手や足が出る一方で、誰かを仲間はずれにしたりして面白がる性質ではなさそうだ。聞くところによると、桜丘小を卒業した姉と兄がいるらしい。末っ子ゆえの勝気さか。学級会などの発言から、正義感があって真面目だということも分かってきた。それでいて吸引力があるのだから、そういう子を教師側につけておく限りクラスは安泰なのだ。

対して男子はばらばらだ。休み時間になると出畑や手塚といった声の大きい男子チームがワーキャー騒いでいるが、遊ぶメンツも日がわりで流動し、誰か決まった子がリーダーシップを取る気配はまだない。給食の時間などの発言を聞いていると、彼らは一様に幼く、周りのノリに流されやすい。

青木栄太郎は、運動も勉強もずば抜けていて、一見リーダータイプなのだが、あまり目立ちたくないのか、数名のグループで完結し、多くの子と群れない。といって、自分は特別だと思い込んで教師や他の児童をばかにする態度を取ったりするようなこともない。常に淡々としていて表情が薄い。

青木が応援団長に名乗りをあげたことが、だから沖田には意外に思えた。むろん喜ばしいことだと思う。彼も心のどこかで皆の上に立ちたいという思いがあったのかもしれない。

いやな予感がする。四月なかばから始まった組体操練習の印象が悪い。飲み込みが悪い学年かもしれない。

三年連続で六年生を受け持っていると、どうしても学年ごとのカラーを比べてしまう。

勿論こどもたちはそれぞれ異なる人格だから細かく比較することはできないけれど、塊として見て、「全体的に」をくっつければ、それは一つの顔になる。

一昨年の六年生は全体的に活発で、しょっちゅう揉めた。女子のグループが対立したり、男子が殴り合いの喧嘩をしたりといった体や言葉のぶつかり合いも数回あった。そのぶん、いざ団結した時の結束は固かった。桜丘タワーは校庭いっぱいの拍手の中、大成功した。

昨年の六年生は全体的に真面目だった。責任感の強い子が多く、委員会活動や部活動でも六年生がよく面倒をみてくれると、低学年の教員たちに褒められた。桜丘タワーこそ満点の出来でなかったのが悔やまれるが、その反省会もきっちりとし、二学期以降の行事はどれも満足のいく出来栄えだった。

今年は、どうだろう。

一人技、二人技……と順に練習してきて、二日がかりで四段ピラミッドを完成させたのがやっと昨日だ。

今日ようやく全体技のウェーブに差し掛かった。どうも、ワンテンポ、ツーテンポ、動きが遅れる子がいる。それも、ひとりやふたりではない。少し間があくと、すぐにしゃべりだす子もいる。気をつけの姿勢を長くできない子もいる。大丈夫だろうか。

沖田は、五年前に桜丘小学校に転勤してきた時、年間計画表を見て驚いたことを思い出す。六年生の運動会準備にかける時間が前任の小学校よりずいぶんと長かったからだ。これはひとえに桜丘タワーの準備ゆえである。

市内では、「運動会の桜丘小」と銘打たれ、当日は自治体の教育関係者も多く見学に来る予定だ。皆を満足させられるものへ、驚かせ感動させられるほどの「タワー」へ、到達するのだろうか。

沖田はかすかな焦りを覚えながら、朝礼台の上に立っている。組体操の指導は常に沖田が司令塔となって高いところからメガホンで指示を出し、島倉と松村が児童たちについて細かいサポートをすることになっている。

ウェーブは、児童全員で作り上げる波のことだ。児童たちは頭の後ろで腕を交差させ、その姿勢のまま間隔をつめて手と手をつないで立つ。端から順に体を起こし、ふたたび順にこうべを垂れて行くと、全体の流れが大きな波に見えてくる。

やっていること自体の難易度は低く、その気になれば低学年でもできるものだが、そのぶん見た目の美しさに差がでる。

思えばタワーでは失敗した去年の六年生だったが、その生真面目さゆえ、圧巻のウェーブを見せた。それは、意志を持った、ひとつの生き物のように見えた。誰にも言っていないが、運動会の最中、朝礼台の上で太鼓をたたきながら、この位置でこれを見ることができる「特権」に、沖田はひっそりと興奮した。それほどに美しいウェーブだった。

波の向きは、沖田が太鼓を叩いたとたんに変わった。沖田の太鼓に合わせて大波となり、さざ波となり、やがて、沖田の合図でほどけた。沖田だけが、この巨大な生き物を動かしたのだ。

比べたくはないが、今年の六年生を去年のレベルに到達させられるかといえば、自信がない。何かが、どこかが、違うのだ。

昨日の四段ピラミッドの練習でもそう感じた。たかだか四段に過ぎないのに、二組と三組はポジション決めから揉めた。三組は最後を待たずに崩れてしまった。二組の帰りの会では、背の順で一番下にあてられた子が不平を言ったというし、三組では上に乗る子が下の子に怒鳴られたと言って泣きだしたそうだ。さすがに沖田のクラスはまとまっていて、誰も不満など言わなかったが、大きな技の指導をしていると、学年全体のカラーが見えてくる。この学年は全体意識が薄い。自分さえ良ければいいという子が多いのだ。ウェーブをやってみると一目瞭然である。うまく間合いを取れずにぱっと自分の意志で起き上がってしまう子がひとりやふたりじゃないから、波がガタガタしてしまう。早く顔を上げたいのは分かるけれど、そのせいで横とのつながりが分断され、波全体に滑らかさがなくなる。もう数秒、いや一秒でいい、一秒だけ待てばいいのに、その一秒を待てない。

それでも、決めていた時間になったので、沖田はメガホンで呼びかけた。

「はい。みなさん、ようやく揃《そろ》いました。では最後にもう一度、音楽に合わせて通してみましょう。ウェーブはこれで最後だからね。しっかりやってください」

音楽に合わせたとたんに良くなる可能性もある。まずは通してみたかった。

ところが、下で児童たちの輪の中にいた島倉が、急に手を振りだし、その手で大きなバッテンを作って沖田に見せた。

「鼻血、鼻血！」

島倉が大きな声で言った。どうやら二組の子が鼻血を出したようだ。それくらい、ティッシュを詰めて続ければいいと思ったが、島倉が周りの子に頼んでその子を保健室にやってしまった。

気を取り直して、さあ始めようかと思ったら、今度は松村からストップが入った。肩が外れた子がいたそうだ。三組の男子児童だ。普段から肩が外れる癖があると、急に言い出す。その子を木陰で休ませる手配をしている間にも、児童たちは好き勝手に私語を始める。さっきまで一生懸命に美しいウェーブを作っていたのに、すぐにだれてしまう。これが六年生だろうか。情けない。

「静かにー！」

朝礼台の上から、沖田は全体を怒鳴りつけた。

「ここに立っていると、誰がぺちゃくちゃしゃべっているか、全部わかります。先生は情けない。桜丘小学校の最高学年とは、とても思えません。みなさんが練習中にこんな態度でいいんですか。出畑さん、どう？　ずっとしゃべっていたよね？」

　出畑が赤くなってうつむいた。児童たちがしんと静まった。

「出畑さんだけじゃありません。あちこちでおしゃべりしていましたね。練習中なのに、です。皆さん、分かってますか。明日から、いよいよ、桜丘タワーの練習に入るんですよ。桜丘小の絆をつないできた大事なタワーです。これまで二十四年間、どんな時も六年生はかかさずに桜丘小のタワーを築いてきました。今年は二十五年目です。二十五年は四半世紀といいます。大事な、大きな、節目の年です」

　沖田は息を止めるようにして、校庭全体を見まわした。もういい、通し稽古はなしだ。その代わり、皆の自覚を促そう。

「でも、先生は今、不安です。ウェーブの練習でこんなにまとまりがない学年がタワーを作れるのか、分かりません」

　ふと沖田は近藤蝶と目が合った。近藤の大きな目が真剣に沖田を見ている。彼女も沖田と同じ心配を抱えていると、ぴんと来た。きびきびと動き、真剣に練習に取り組んでいた。そういう子もいるのだ。

「皆さんの先輩たちがみんな挑戦してきたものです。きついです。辛いです。分かってますか。おしゃべりなんてしていたら、大けがをしてしまいます。練習中におしゃべりをする学年は、桜丘タワーをあきらめてもらいます。みなさんの代で、桜丘タワーの絆が途切れてもいいんですか⁉ こんな不真面目な態度だったら、そうなってしまいますよ⁉」

沖田は脅した。近藤がちいさく首を振る。それはいやだ、と訴えたいのだろう。だったらあなたももっと頑張って、周りの子たちを注意しなさい。心の中で沖田は命じた。

「大事な時間が今日はなくなってしまいましたので、ウェーブの通し練習はできませんでした。明日から桜丘タワーの練習ができるかどうか、先生は心配です。先生が言ったことを、きちんと考えて、明日の練習に臨んでください」

チャイムが鳴った。例年、沖田がここまで厳しく言えば児童たちの心にそれなりの電流が通るものだが、朝礼台の上に立っていると、全体的に集中力が途切れつつあるのが分かる。ちゃんと聞きなさい！ と怒鳴りたいのを堪《こら》える。

二十五周年の桜丘タワー。

自分たちがどれほどの重責を担っているか、この子たちは分かっているのだろうか。

金曜の夜、沖田は酒の席にいた。メンバーは、去年五年生を担任し今年は三年生の担任をしている白石淳子《しらいしじゅんこ》、同じく去年五年生を担任して現在一年生を担任している高梨篤《あつ》郎《ろう》、それから六年生担任の島倉の四人である。

「沖田先生が来るのは珍しいですね」

最初から早いピッチで飲んでいる高梨が少し充血した目で言った。

「運動会の後はすぐ研究授業の準備ですから、今日を逃したら飲みに行けないと思って」

と沖田は言ったが、勿論それだけが理由ではない。たしかに沖田はふだん同僚との酒の席にはほとんど顔を出さない。教師たちの飲み会は、児童の親に会わないよう電車で数駅行った町で開かれるから、自転車通勤の沖田には面倒だった。それでなくても同僚と馴れ合うのは苦手だ。

「今年の六年て、どうですか」

だいぶお酒が入ったところで、沖田は訊きたかったことを訊いた。

「幼いよね、全体的に。でも、とんでもないワルもいないでしょ」

高梨が鷹揚な調子で言い、白石も頷く。

「やりやすい学年でしたよね。何をやらせても、それなりに器用にこなせますしねえ。優秀な子も多いし」

と、言う。

ふたりがあまり悪いことを言わないのは意外だった。それならば、と非難したい気持ちがわきあがりそうだ。先生方はどうして責任をもって六年生に持ち上がってくれなかったのだろう。何せ、去年の五年生の担任のうち、松村ひとりしか持ち上がらなかったのだ。詳しい事情は知らないが、桜丘小学校では通常、五、六年生というのは連続で指導する。去年沖田が六年生を担当したのは、五年生の終わりで産休に入った教師の代わりで、例外的なことだった。確かに高梨は保護者からクレームが多かったと聞いているが、白石は本人の希望で学年を下げてもらったのだろうと沖田は見ている。

「それよりさあ、珠愛月先生」赤ら顔の高梨に声をかけられた。沖田はさっと顔がひきつるのを感じる。「珠愛月先生はどうして先生になったんですかあ」

「やだ、高梨先生飲み過ぎですよ」

様子に気づいた白石がやんわりいなすが、高梨は引かない。

「いやいや、あのねえ、こういう時だから言っておくけど、珠愛月先生はまじめすぎるきらいがありますよ。彼氏とかいるんですか。あ、これ訊いたらセクハラか」

「セクハラもいいとこ。教師がそういうの、今は新聞沙汰ですからね」

白石が笑いを含んだ口ぶりでたしなめた。

「じゃあいいや。それは訊かない。俺はね、そういうのは守るから。けどさあ珠愛月先生。あ、また、呼んじゃった。下の名前を呼ぶのはセクハラじゃないよね。先生、いつもお名前、必要以上に意識してますけど、なんで?」

「意識してませんよ、別に」

「してますよ。だってホラ、露骨に顔をしかめるじゃないの」

高梨の言葉に、すっかりくだけた様子になった島倉が、「俺は珠愛月先生の名前、かわいいなあって思いますけどね」などと言う。

なるほど、と沖田は思う。島倉の口からあまりに自然に「珠愛月先生」が発せられた。きっと沖田のいないところでは、皆、あたりまえのように「珠愛月」と呼んで面白がっているのだ。

沖田はなんとか笑顔らしきものをつくって、

「厭なんですよ、いちいち説明しなければならない名前っていうのが面倒で。それより、今年の六年生のことなんですけど、あの子たちまだ六年になりきれてない感じがするんですよね。授業中もそうですけど、運動会の練習とか、要所要所でいつもざわしてるんですよねえ。なんか、こう、まだ六年生の自覚がない感じがしませんかね」

さりげなく話を変えると、

「ああ、そうですね。ちょっとあいつらまだ幼いところありますよね」

島倉がすぐに応じた。高梨が、「それは、親が悪い」といきなり断言した。

「やばめの親とか、いるんですか」

島倉が訊くと高梨が「いるいる」と言って小声になる。

「まず一組の近藤蝶」

「ああ、近藤さん」

白石がうっすら笑うので、沖田は不思議に思う。初回の保護者会で挨拶をした近藤蝶の母親は大柄で明るい雰囲気の女性だった。挨拶の内容も楽しかった。お姉ちゃんとお兄ちゃんがふたりとも桜丘小学校の出身だということで、学校活動を知り尽くしているのだとばかりに「なんでも訊いてくださいね」と皆に呼びかけ、笑いを誘っていた。PTAの活動にも熱心なようだし、学校外のボランティア活動もしていると聞く。とても「やばめ」には見えない。

どうやばいんですか、と訊こうと思ったら、かぶせるようにして、

「それから、久本《ひさもと》音符《らら》、羽村流星《はむらりゅうせい》」

と高梨が言った。

「音符と書いて『らら』って読む子ですね」

「そう。音符ちゃん」

「なんだかアニメみたいな名前ばっかりで疲れるわ〜」

なんの気なしに白石が言い、言った瞬間気づいたようで、気まずい顔になる。高梨と島倉は何も引っかからなかった様子で、

「あと、青木の親もうるさい」

と続けている。

「青木って、かなり頭キレる子ですよね」

「どうせ塾でゴリゴリやってるんだろ」

「いや、彼は結構鋭い子ですよ」

高梨と島倉がしゃべり続けている間、白石は黙っていた。「アニメみたいな名前」と失言したせいで動揺しているのだ。

それが失言になってしまうこと自体が申し訳ないし、そんなことで彼女に気を遣わせたくなかった。沖田は理由をつけて早々に席を立った。


この歳にもなって自分の名前に過剰な反応を見せるのは、恥ずかしいだけだと分かっている。だが、どうしても受け入れられない。

だったらなぜ改名しないのかと言われそうだが、改名してしまえば、あの子やっぱりずっと名前にコンプレックスを持っていたんだなと思われそうで、それも厭なのだった。

名前、なんて読むの。こどもの頃、教師にそう訊かれるたび、心が固まった。答えたとたんに、和を乱す気がした。名前が勝手に目立ってしまうからか、沖田は幼いころから口数を少なくし、目立たないよう努めるところがあった。セーターの滑らかな編み目の中でポツッとほつれた部分。名簿の中の自分の存在を、沖田はそんなふうに感じた。

じゅえる、と告げて、へえ～と間が抜けた顔つきで頷かれるくらいならまだいい。うわ、やばいの聞いちゃった、という顔をされたことも、一回や二回ではない。かわいそうにといった表情が、いちばん辛かった。訊いたおとなはいちように、沖田の親に興味を持ち、頭の悪いヤンキーだろうと推測する。そして、その推測はほぼ当たっていた。

沖田の親、信雄《のぶお》と治子《はるこ》は地元の同級生どうし十九歳と十八歳で結婚した。四方を山に囲まれた比較的裕福な地方都市だ。ガソリンスタンドやら米屋やらを手広く経営している田舎の土地持ちの三男と、果物農家の四人きょうだいの末娘。父は高校時代にバイクを乗り回していたというし、母は喫煙が見つかって高校を停学になったことがあるというが、写真で見る限り十代の頃の二人はあどけなく、イカれた不良どうしには見えない。退屈を嫌ってやんちゃをしていた時期も少しはあったのだろうごく普通の、あまり向上心のなかった若者。両家の庇護《ひご》のもと、ままごとみたいな家庭をもうけた。

沖田にとっての悲劇は、両家の祖父母が彼らの三男と末娘にめっぽう甘く、孫の名づけに口出ししなかったことだ。

果たして、信雄と治子から生まれた長女が珠愛月、次女が茉莉空、長男が万次郎《まんじろう》。三きょうだいの字面を見ただけで、なんてことだ、と改めて沖田はがっくりする。ちなみに妹の「茉莉空」は「まりあ」と読む。最初は「真空」と書いて「まりあ」と読ませようとしていたそうで、ふつうにそれは「しんくう」ではないかと病院で助産師に突っ込みを入れられ、その場で辞書を引き引き考えたそうだ。更には、長男以外の何者でもない弟に「万次郎」というのも訳がわからない。弟の出産直前にジョン万次郎をモデルにした漫画に父が感動したというのが名づけの理由だそうで、こうした経緯を聞いたのは、沖田が小学生の頃だった。深く考えすぎるから辛くなるのだと、幼かった沖田は彼女なりに結論づけた。名前のことで悩むのはやめよう。この両親のもとに生まれてきたのだから、「じゅえる」の名にふさわしく、へらへらと朗らかに生きればいい。

そう自分に言い聞かせれば言い聞かせるほど、自分の名前と向き合うことになるようで、いつだって「わたしはじゅえる」の縛りが沖田の一部を項垂《うなだ》れさせた。

茉莉空と万次郎がうらやましかった。彼らはへらへらと朗らかに育った。今も実家のそばに住み、高校時代から付き合ってきた彼氏彼女と結婚し、茉莉空はふたり、万次郎は三人の子をもうけ、楽しく暮らしている。茉莉空は幼い頃から自分の名前をたいそう気に入っていたが、今や、自分の娘に「椰子空《ここあ》」「星愛空《ていあら》」とつけて、三姉妹みたいでしょと言っている。万次郎も、気づいた時には腕に家族の名前と十字架を組み合わせたタトゥーを入れていた。

時代もあるだろう。現代ならば、珠愛月は音符や流星と並ぶことで、独特の雰囲気も薄れ、持ち主である自分がこんなに屈折することはなかったかもしれない。だが、三十年前にはここまでの当て字の名前は珍しかった。

小学生の頃は、沖田の名をかわいいと言ってくれたり、うらやましがってくれる子もいた。中学校へは小学校の面子《メンツ》のまま持ち上がったから、名前はそこまで悪目立ちしなかった。

県内でいちばん偏差値が高いとされる高校に進学した新学期、都市部から来た洒落た感じの女子が沖田の名前を聞いて笑った。瞬間、沖田の名前は笑いの対象になった。彼女を取り巻くグループの、「日本人なのにジュエルだって」「あの顔でジュエルだって」という心の声を聞いた気がして、沖田は耳まで赤くした。幸い、勉強のできる子が多い学校だったおかげで、勉強さえしていれば一定の尊敬を勝ち得ることができた。だから沖田は彼女たちを見返そうと、ひたすら学習に励んだ。副教科の教師たちの「うわ、やばいの聞いちゃった」という心の声にも打ち勝ちたかったから、どの教科もぬかりなく努力した。企業や県庁勤めの親を持つ級友たちに「田舎のヤンキーの子」と舐められたくなかった。学校一の評定をもらって、誰もが名前を知っている東京の私立大学の教育学部に指定校推薦をもらった。沖田はひとり東京に出て、大学で学び、就職し、転職し、結婚せず、子をなさず、教員として働いている。

いっそ受け入れられればいいのに、と思う。いまだにこの名前を受け入れられない自分の性格が恨めしい。「じゅえるです」と明るく自ら言ってみるところを想像してみただけで、無理だ、と即座に首を振りたくなる。そういえば以前テレビで、「長子はいじられるのが苦手だ」という分析を見たことがあったが、まさにそれだ。きょうだいの中でいつだって「しっかり者」として頼られてきた分、自分の弱みを笑いに変えて差し出すことが苦手だ。という以前に、これを弱みだと認めることすらできない。「わたしはじゅえる」の透明な縛りを無いものとし、しっかり者の教師を鎧《よろ》って生きていくしか術《すべ》を知らない。

2DKのアパートに帰り、沖田はすぐに風呂に湯をはった。それからゆっくりスーツを脱いだ。

1Kの部屋でもいいくらいだが、公務員としてきちんとした給料をもらいながら学生みたいな住まいのままなのもどうかと思い、桜丘小学校への転勤を機に、食べる場所と寝る場所が分かれた部屋に移り住んだ。駅からの距離や窓からの眺めは二の次にしたから、この広さにしては、家賃は安い。ひとりの暮らしは楽だった。教員は社会保障に恵まれているから結婚や出産をためらう必要がなく、松村や白石をはじめ、産休育休を経て現場に戻っている女性も少なくない。せっかくそうした産みやすい職業を選んだのに、きっと自分はオールドミスになるだろうと、沖田は乾いた気持ちで実感している。

コンピューターメーカーに勤めていた頃、同期の男子と付き合ったことはあるが、若すぎて結婚の話にはならなかった。教員の仕事に慣れてきた頃、同世代の教員たちとの研究会で出会った他市の教員と、近しい関係になったこともある。だが、ちょうどそのころ揉め事の多いクラスを受け持ってしまい、心が殺《や》られ、休職に近い状態になった。学級運営がうまくいかないと、上手に教室を回している教員に対し、いらぬ嫉妬心がわいてしまう。同情されるのもアドバイスされるのも厭で、沖田は恋人を頼れなかった。それどころか、正論で励ましてくる彼と会うのが億劫になり、デートの誘いに返事をする気力もないまま、時が流れた。

焦ったり迷ったりする時期が自分の中を通り過ぎた気がしている。茉莉空と万次郎が子育てを頑張ってくれているから、沖田の家系の血もDNAも後世に残ることは残るのだし、自分は教員としてこどもを育てることで間接的に未来に貢献できれば十分ではないか。自虐でも諦めでもなく、シンプルな事実として、沖田はそんなふうに考えている。

「沖田先生、こういうの見つけましたよ」

島倉が『徹底解説組体操ブック』というカラー印刷の教育ムックを持ってきたのは週明けのことだった。四段ピラミッドを作りながら笑顔を浮かべるこどもたちの写真の横に、副題が、『子供も大人も感動する組体操！　成功へ導く指導教本』と書かれている。背表紙にシールがついているから、どこかの図書館で借りてきたのだろう。

「附箋のページ、見てみてください。合計百十三人のピラミッドの作り方がありますよ。これ人数的に、ちょうどいいんじゃないですかね。うちは一人多いだけですから、この百十三人の後ろか横に一人くっつければいいだけなんで」

沖田は島倉が附箋をつけたページを開いてみた。なるほど「7段ピラミッドの人数例」が載っている。

1段目	7人×6列	42人
2段目	6人×5列	30人
3段目	5人×4列	20人
4段目	4人×3列	12人
5段目	3人×2列	6人
6段目	2人×1列	2人
7段目		1人
合計		113人

「どうですか」

島倉に訊かれた。沖田はもやもやするものを感じた。

「ピラミッドねえ……」

つぶやきながら、7段ピラミッドの作り方という文章を読んだ。そこには、にこにこ顔のこどもたちが大ピラミッドを作っていく図が漫画風に順番に書いてあり、「前の人の足に頭がつくようにする」「人数や位置によっては前の人の足と足の間に頭を入れるように指導する」など、細かいアドバイスが載っている。

職員室の引き戸が開いて、前島校長が入ってきた。低学年の教師に用事があったようで、何か呼びかけて話している。

「校長に相談してみましょうか」

島倉が、会話のころ合いを見計らって、校長に声をかけた。自分が見つけてきたピラミッドの人数例のページを校長に見せて、

「今年百十四人いるんで、ちょうどこの人数の通りにやって一番下とかに一人つければいいんじゃないですか」

と言った。

前島校長は顔をあげて、すぐに沖田を見た。

「沖田先生はどう思うの」

校長に訊かれた。頼りにされていると感じた沖田は、このもやもやを率直に伝えることにした。

「せっかく島倉先生が見つけてくださったんですけど、これだとタワーじゃないですから、形がぜんぜん違ってしまいますよね。そうなると名称を変えないといけなくなってしまいますよ。『桜丘ピラミッド』、とか」

島倉が、「は？」と一瞬、笑い出しそうな顔でこちらを見た。

「伝統だもんなあ」

横で聞いていた一年生の担任の高梨が口をはさんだ。分かってもらえたと思った沖田は、つい勢いづいて、

「急にこっちに変えちゃうと、二十四年間守ってきた桜丘タワーのブランド、みたいなものを、今年で捨てることになるかと思います」

と言った。

「去年の六年生は何人で作りましたかね」

前島校長が訊いた。

「去年は、九十九名でした」

「なるほど。じゃ、増加分は十人くらい？」

「十五人です」

「去年の設計図をもとに、こう、余った全員で土台部分を強化して、中段の負担を軽くできないものですか」

「そのように今、島倉先生がポジション図を考えてくれてます」

「お。島倉くんか。いいね。期待してますよ」

前島校長は急にくだけた口調になって島倉に声をかける。島倉が、

「じゃ、このピラミッドは……？」

と確認すると、校長は、

「沖田先生が言うように、タワーのままでいきましょう。人数が増えた分、裾野を広げれば、ボリュームも増しますし、見栄えもするでしょう。沖田先生はタワーについてはこの学校の誰よりも詳しいですから、任せましたよ沖田先生」

そう言って、出ていった。

「ブランド、なんですね」

一年生の島から笑いを含んだ声がした。新任の教師だった。

「ブランドは言い過ぎかな」

柔軟に笑い返すと、若い教師は慌てたように「い、いえ」と口ごもった。

「いやあ、そもそもどうなんですかねえ、タワー。去年の運動会のあとみたいに、またネットに出たりしませんかねえ」

と高梨に言われた。

ああそのことか。沖田はちいさく溜息をついた。

あんな酷い記事。できれば無かったことにしたかった。実際、無かったようなものだ。教員たちもPTAも、去年の運動会の後、しっかり意思確認をしあったではないか。保護者アンケートの内容も、タワーを続けてほしいというのがほとんどだった。来年以降もこの絆を守っていこうと、皆で決めたのだ。

「気をつけたほうがいいですよ」

高梨が深刻ぶった顔で言う。目はおもしろそうに笑っている。

「何に気をつけたらいいって言うんですか」

「だから、親。一年ごとに意識がガラッと変わってきますからね。『素晴らしいタワーでしたビックリマーク』ってなアンケートを書いていた低学年の親が、わが子がやる年になったとたん『あんな危険なものはやめてしまえ』って言ってきたりしますからね」

「去年そんなこと言ってきた方、いませんでしたけど」

「例えばの話ですよ。よその小学校の先生がそんなことを言ってたってだけで」

「よその話をされても」

沖田がつい呟くと、

「まあまあ、珠愛月先生、そう気張らないで。柔軟に、柔軟に」

高梨がにやにや笑いながら言った。島倉が一瞬おかしそうに口もとを緩めたのを沖田は見逃さなかった。

「島倉先生はどう思っているんですか」

沖田は話を振った。

「はい？」

島倉がきょとんと、澄んだ目でこちらを見る。部外者の顔にしか見えない。

「守る必要はないですかね。タワーの伝統」

畳みかけるように訊くと、「伝統って」と高梨が、ぽろっと落とすように言うのが聞こえた。たかだか二十数年のもんでしょ。そんなふうにつなげたいのだろう。

「どうでしょうね。やるのはこどもたちですからねえ……」

島倉が語尾をあいまいにぼかした。

『圧巻の人間タワー』

二年前、全国紙に載った投書の題名だ。桜丘小学校の近隣の老人ホームの入居者が、桜丘小学校の運動会で桜丘タワーを見た感想を書いてくれたのだ。こんなふうに結ばれていた。

『児童たちのふんばりに、我知らず涙が落ちた。がんばれ！　がんばれ！　私は心から叫んでいた。この歳になって、子供たちに感動と勇気をもらえるとは思わなかった。長生きをしてきて本当に良かった。ありがとう。』

その投書は新聞から切り抜かれ、重厚な額に入れられて今も応接室のど真ん中の壁にかかっている。

投書がきっかけとなり、ミニコミ誌やケーブルテレビ、地元の新聞社などから取材が相次いだ。さらにはテレビ局が、運動会までの練習をドキュメンタリータッチで取材したいと申し入れてきた。教育系の良質な番組だったこともあり、学校はそれを許可した。

テレビの取材は、桜丘小学校が桜丘タワーを作り始めたきっかけから、児童たちが練習に取り組んでゆく様子を、丁寧に取材した。

そして、本番当日を迎えた。

あの日、タワーは立った。成功したのだ。

しかし、次の瞬間、沖田の目の前で、ぐらぐらと揺れた。中段の子がバランスを失い、そのせいで頂上の子が立っていられなくなった。

ああっと思った次の瞬間、沖田の目の前にあったのは、頂上に立っていた男子児童が下の段のこどもたちの尻のあたりをずるずるっと滑り落ちてゆく、スローモーションのような現実だった。

男子児童に怪我はなかった。ふだん体操をやっている子だったことが幸いし、うまく受け身の姿勢をとって落ちたようだ。

ほっとしたのもつかの間、数時間後に、中段の男子児童が手首の骨を折ったと分かった。彼は、まさか骨折だとは思わず、運動会の終わりまで痛みをこらえていた。あまりにひどく腫れてきたため診療時間ぎりぎりに整形外科に駆け込んでレントゲンを撮ってもらったそうで、連絡を受けて沖田は青ざめたが、その子の親は、運動会に事故はつきものだから、と息子の骨折を鷹揚に受け入れてくれた。他にも中段で崩れてしまった数人の親たちから、うちの子のせいですみません、ご迷惑をおかけしてしまって……といった謝罪があった。

運動会終了後のアンケート調査に、タワーの失敗を非難する声などなかった。素晴らしかった、もう一歩だった、来年こそ頑張れ。そんな回答ばかりだった。

残念だったのは、テレビの放送が、取材当初に予定していた桜丘タワー単独の特集ではなくなっていたことだ。いくつかの学校の運動会の様子を取り混ぜた番組に変わったのは、やはり最後にタワーが成功しなかったからだろう。それでも、タワー作りに向けて頑張ってゆく子たちのまぶしい姿や、頑張っていいものを作りたいという素直な声が番組の中で紹介されていた。タワーが立ち上がった瞬間が、静止画を織り交ぜて紹介され、あの失敗は濁されていた。頑張った六年生にとって、かけがえのない放送になっただろうと沖田は思う。

だからこそ、直後の職員会議で高梨が皆に回覧させたネットニュース記事の内容に、怒りを覚えた。

悪意に満ちた記事だった。いや、悪意さえなかった。何かを伝えたいという意志も、何かを訴えたいという思いもない、ただ、インスタントなアクセスを煽るだけの売文。

『……S小学校の教員たちには、これほど危険なことを子供たちにやらせているという自覚はないようだ。おそらくは児童の安全よりも、客寄せパンダとしての集客効果を優先し、教育委員会からの評価を上げたいからだろうが、教員たちの自己満足に付き合わされる児童やその保護者はどのような気持ちだろう。それほどまでしてこの危険極まりない大型ピラミッドを続けたいのなら、ぜひ来年は教員たちが皆で同じ高さのものを作り上げてみればよいのではないか。（記者　ＲＹＯ）』

教育委員会からの評価を上げたい？　沖田は笑いそうになった。もし評価だけを気にするのなら、あえてリスクの大きなタワーは作らず、ウェーブの完成度を上げるなど、安全で見映えのするものを作るだろう。客寄せパンダというのもちゃんちゃらおかしい。入場料を取っているわけではない。来るのは児童の保護者や、せいぜい近隣の住民くらいだ。だいたいこの記者は、タワーとピラミッドの違いすら分かっていないじゃないか。

数年前から組体操の大技が批判的な意見にさらされていることは知っている。危険と隣り合わせだということもじゅうじゅう承知だ。だけども、少し立ち止まって考えてみてほしい。それならば、どうして今まで全国津々浦々の小学校で、教師たちが、児童たちが、長年、大技に挑戦してきたというのだろう。

この手をゆるめたら友達が怪我をするかもしれない。タワーを崩してしまうかもしれない。そう思って一秒、あと一秒。苦しい時間を耐える。十一歳、十二歳の子たちが、全力でふんばるのだ。

おととしも、去年も、不満を言う子はいた。怖がる子もいた。だけど、いつだって必ず、終わったあと全員が感動を共有した。よろこびのあまり、泣き出す子も少なくなかった。そうして全員がいっしょに成長した。二学期の盛りだくさんの行事や、三学期のマラソン大会でも、六年生は目を見張るばかりの頑張りを見せ、活躍をした。それは年齢的な成長だけでなく、厳しい桜丘タワーを作り上げたことで培われた胆力があるからに違いない。こんなことを比べるのは教師として失格かもしれないが、前任の公立小学校の六年生に比べて、桜丘小の六年生の方が総じて責任感があり真面目でひたむきだと沖田は思っていて、その理由が桜丘タワーにある気がしてならない。

RYOやネットユーザーは甘えている。きっと、実体験がないのだろう。耐えなければ見えてこないものがあることを知らない。苦しみを乗り越えなければ芽生えない信頼もある。実体験がない人は、無形の教育を簡単に貶《けな》す。

月曜日、いよいよ桜丘タワーの練習がスタートする。運動会は日曜日に予定されている。一週間で完成させなければならない。

六年生の児童全員を体育館に集め、まずは沖田が桜丘タワーの説明をする。沖田は、このタイミングで児童全員にタワーに挑むための気構えについて話すと決めていた。心をこめて、真剣に。すべての子が持ち場を守ることの大切さと尊さについて話す。

「……ですから、下で支える子だけが辛いのではありません。上に乗る子も辛い。上に乗る子は下のみんなを信頼しているから登ります。下のみんなも上に乗る子が怖さを堪えてがんばってくれると信じているから、歯を食いしばって、重みに耐えます。みんながそれぞれガマンする。ガマンを分け合う。そうして、友達を信頼して、持ち場を守る。その信頼こそが桜丘タワーなんです」

よし、今年のスピーチもしっかり決まった。沖田は満足し、それから週末に島倉が作成してきたポジション図の描かれた模造紙を、ホワイトボードに貼りつける。去年のポジション図に下段の人数と中段の人数を少し増やしたものだ。

「それでは、ピラミッドを決めた時のように男女混合の背の順に並んでください。皆さんのポジションを決めます」

沖田の呼びかけで、クラスごとに全員が背の順に並んだ。

大きい子から順に、負担が最も大きい一段目の中央、1、2、3、4を、学年でも特に大柄な四人が受け持つ。その周りを取り囲むのが、5、6、7、8、9、10、11、12の八名。さらにその周りを13、14……大人数で取り囲んでゆく。去年もおとしも、ひとまず背の順で場所を決めてから微調整することでうまくいった。沖田は今年も何の迷いもなく、こどもたちを並べていった。まずは一段目の土台役に体勢を整えさせてから、二段目を乗せる。それから三段目、四段目……と順に決めていくが、頂点に立つ子とその子を支える数名は、ただ体重が軽いだけでは駄目で、高さに怯えない子、度胸がある子、精神面も重要だ。反射神経や筋力も不可欠。沖田はひそかに自分のクラスの出畑好喜か安田澪を立たせたいと思っていた。ふたりとも軽量で足が速い。高いところを怖がるタイプでなければいいのだが。

組み方の具体的な指導に入るため、沖田は階段をのぼって舞台に立った。

舞台の上から全体を見回し、奇妙な違和感に包まれた。階段をのぼった数秒間に、何かが起こったようだ。

空気ががらっと変わっていた。

目に見える変化ではない。一段目の子たちが、さっき決められたポジションから、いくぶんばらけて立っているくらいだ。

ああ、あそこだ。沖田は気づく。ふたりの児童が松村に、何やらこそこそ話している。

「ではみなさん、準備はいいですかー？　これから二段目の組み方に入りますよ」

さすがに松村に注意はしにくく、沖田は全体に声をかける体《てい》でメガホンを持ち、松村たちを視界の端に入れながら、あえてそちらを見ずに言った。松村のことだから、すぐに察してくれるだろうと思った。しかし彼女たちは話すのをやめない。そっちに気を取られてしまい、児童たちの集中力が薄れているのが、壇上からだとよくわかる。

仕方なく沖田は、

「松村先生、何かありましたかー？」

と、メガホンで声をかけた。

松村が顔をあげ、児童たちを制するようにひと言ふた言いってから、舞台の上に走り寄ってきた。

「すみません、沖田先生。あの……タワーを、どうしてもやりたくないっていう子が」

言いにくそうに松村が言った。

「はい？」

「うちのクラスの女子ふたりなんですが、他にも何人か。見学したいと言い出して」

沖田はメガホンのスイッチを切り、

「そんな勝手が許されるわけがないでしょう。怪我をしているわけでもあるまいし。ちゃんとやらせましょう」

と少しきつめの口調で松村に言った。すぐに児童を説得しにかかるだろうと思った松村が、しかし毅然《きぜん》と顔を上げて、

「どうでしょう、沖田先生。今日のところは、桜丘タワーをやるのかどうか、きちんと皆で話し合ったほうがいいのではないでしょうか」

「やるのかどうかって……」

沖田は絶句しかけた。

「やるに決まっているでしょう。だいたい、話し合うって言われても、そんな時間はないですよ」

かろうじてそう言うと、

「いえ、まだあります」松村は言った。「日曜日まであと一週間あります。その気になれば、木、金、の二日間で仕上がります。土曜にも予行演習があります。時間よりも、こどもたちの気持ちのほうが大切です」

今更何を言っているのだ。きちんと学級で処理してくれればいいものを。沖田は苛立《いらだ》ちのあまり、言葉を継げない。

「どうかしましたか」

不穏な様子が気になったのか、島倉も壇上にきた。沖田はいったんこどもたちをその場に体育座りですわらせて、私語厳禁の指示をしてから、児童たちに聞こえないよう舞台の奥で島倉に事情を説明した。ポジション図を作った島倉は当然桜丘タワーを「やるに決まっている」と言ってくれると思った。

しかし、

「僕も松村先生に賛成です」

きっぱりと島倉は言った。

「ばらばらの気持ちのままやるのは危険すぎますよ」

沖田は頭にカッと血がのぼるのを感じた。そんなことはないと分かっているのに、松村と島倉のふたりが示し合わせてこの場で自分を困らせているのではないかとさえ思う。

「いったい、その、やりたくないっていう女子ふたりはどういう理由なんですか」

いらいらしながら松村に訊くと、

「ですから、それも含めて、いったん皆で話し合いにしませんか」

松村が言う。

舐められている、と沖田は思った。多少経験が長いとはいえ産休育休でさんざん休んできた松村と、ゆとり世代の島倉に、学年主任の自分が指示をだされている。

黙っていると、松村は続けた。

「きっと児童たちの中にもタワーを『やりたい』『やるべきだ』という意見もあると思います。私たち教員が『やるものだ』と決めつけるより、こどもどうしの言葉のほうが響くこともあると思います」

そう言われて、沖田は始業式の日に湧きおこった拍手を思い出した。桜丘タワーを作ると沖田が宣言したら、一組からは拍手がおこったのだ。

「分かりました」沖田はうなずく。「島倉先生も松村先生も話し合いが必要だというようですし、ではこの時間を使って今年の桜丘タワーをどうするか、学年全体で話し合いをしましょう」

沖田はメガホンをオンにし、体育座りでこちらを見ている百十四名の前に立つ。まだ世間を知らない、だからこそ無邪気にも残酷にもなりうる幼い瞳たちが、一斉に沖田を見つめる。

「みなさん」

急に大きな声を出したせいか、メガホンからキーンッと鋭い音がした。それだけのことで、ひきしまっていた「全体」が、すぐにほどける。耳を覆う子。うるさいっ、とささやく小さな声。それを聞いて笑い出す子。体育館はいとも簡単に幼稚なざわめきに包まれてしまう。

沖田はメガホンのスイッチを切った。

そして大きな声で、

「静かにしなさい！」

怒鳴ってから、体育館が静まるまで、時間をかけてこどもたちを待った。

いつもなら、これで騒ぎはおさまるはずだ。しかし今日はどこか違った。体育館のざわめきはおさまらなかった。どこに重心があるのか、どこをおさえればいいのか、分からないまま沖田は一瞬、途方にくれそうになる。かつて、別の小学校で、揉め事の多い学級を受け持った時の感覚に重なる。教室の重心がどこにあるのか分からなかった。女の子たちはしょっちゅう誰かを仲間はずれにし、男の子たちはターゲットを決めて笑い者にした。原因は、自分にもあった。心のどこかに主犯格のグループに嫌われたくないという思いがあった。こどもは見透かす。そうして、舐める。じゅえるせんせえ。目立つ子たちに甘ったるい声でからみつかれ、あだ名で呼ばれ、からかわれ、内心で悩みながらも笑顔を保った。

桜丘小に赴任して、六年生がつくる桜丘タワーを初めて見た時、沖田は決めた。児童全員と距離をおく。全員に厳しくする。もし主犯格になりかねない子――おさえるべき子がいたら、その子こそ、最初にきちんと支配下におき、調和のある「全体」を作る。

あの時見た桜丘タワーは沖田の心を熱く震わせた。すごいものを見たと思った。大層しんどいだろうに必死に踏ん張るこどもたちに、胸を打たれた。初めて六年生の担任をまかされた時、二つの小学校がひとつになったその歴史ごと、大きなバトンを手渡された気がした。

もう一度、メガホンのスイッチをオンにした。

「今から三つ数えた後も話し続けていた子は、名前を呼びますので、前に出てきてもらいます。ひとーつ、ふたーつ」

三つまで数えなくとも、体育館は静まり返った。

ここにいる全てのこどもたちに、決して世の中を舐めさせない。強い子になって欲しい。耐えられる子になって欲しい。

苦しさを分け合って、同じ瞬間を共有する経験は、きっとこの子たちを大きく成長させるはずだ。あの未知の感動に、もう少しで手が届く。やらなければ見えない世界がある。

「いいですか、みなさん。大切な話をしますので、よく聞いてください。桜丘タワーの絆を守るために、ひとりひとりが何をしたらいいのか、何をするべきなのか。桜丘タワーの伝統を、ここで断ち切るのかどうかも含めて、今から全体で話し合いをします」

沖田は、静まり返った六年生全体に呼びかけた。

第四話　月曜日の審判

「大切な話をしますので、よく聞いてください」

沖田《おきた》先生が体育館の舞台上から皆に呼びかけた時、六年一組の出畑好喜《でばたよしき》は手塚直哉《てづかなおや》と、相手の腕やら肩やら首やらを隙をついてはツンツン突くというくだらないちょっかいを出し合っていた。

同じ団地に住んでいる出畑と手塚は幼稚園の頃から仲が良い。出畑の兄と手塚の姉が同じ学年なので、母親どうしの付き合いも長い。ふたりは小学四年までは別々のクラスだったが、五年生で初めて同じクラスになった。共通の趣味があるわけでも、話が合うわけでもないのだが、手塚といっしょにいると、出畑は楽しい。ふざけのポイントが似ているからだ。女子が白けるようなくだらないことで、同時に笑える。手塚が出畑の脇腹を狙って突いてきた。声を出さないようにぐっとこらえて出畑は手塚の臍《へそ》を狙ってやり返す。

「おい」

と手塚がその手を制して、周りを見るよううながした。

体育館は、異常なざわめきに包まれていた。

手塚と出畑は顔を見合わせる。やべ、と思う。また、ふたりして世界に乗り遅れてしまった。いっしょのクラスになってから、こういうことがたびたびある。ちょっかいを出し合っているうちに、つい周りの状況に目がいかなくなるのだ。そのせいで、五年生の時に担任だった高梨《たかなし》先生には何度も叱られた。

「何、どうしたの」

出畑はとなりの子に訊いた。この春、転入してきた女子だ。じつをいえば出畑は彼女のことが少し気になっている。安田《やすだ》澪《みお》。ほそい目とほそい鼻とちいさな口が、丸顔の中にちんまりとまとまっていて、体がちいさくて、なんだかとっても、いい感じなのだ。

「今から話し合いをするんだって。桜丘タワーをどうするかについて」

安田がささやくように答えてくれる。それだけで、出畑はうれしくなる。

たとえば他の女子――クラスの中でいばっている近藤蝶《こんどうあげは》のグループの女子にこんなことを話しかけてしまったら、「聞いてなかったの」「ばっかじゃない」とさんざん罵《ののし》られるだろう。だけど、安田はちゃんと答えてくれるし、語尾がふわっとして優しいのだ。

「何、何」

手塚が話に加わってきた。手塚も安田のことが好きなんだと出畑は思っている。安田は親切に、手塚にも同じことをもう一度話している。

「どうするかって、何。もっと高く、でっかくするってこと？　まーいいじゃん、人数増えたんだから、チョーでかいの作ればさあ」

手塚が言った。安田はじっと手塚を見ている。出畑は、安田の前でいきがる手塚にちょっとだけ面白くないような気持ちを持ったが、手塚の言いたいことはよくわかった。

出畑が一年生の時に、六年生の兄が、人間タワーのてっぺんに立った。

凄かった。兄の光義《みつよし》はふだん乱暴者で、小柄な出畑にプロレス技を仕掛けてきたり、意味もなく蹴ってきたり、よそでも喧嘩ばかりして母親にしょっちゅう叱られていた。だけどあの時、兄はタワーの頂点で大きく手をあげて、胸を張っていた。

「あれ、兄ちゃんだぜ。あの、一番上の！」

出畑は声が嗄れるまで、周りの一年生に自慢しまくった。

その後、うちに遊びにきた兄の仲間たちが、人間タワーの成功を振り返り、「ッパね～な」「ッパね～よな～」と口々に言い合っているのを聞いた。半端ない、ということだと今は分かるが、当時の出畑は意味も分からぬまま、「ッパ」と口の中で弾けるようなその語感と、暗号のような言い回しに痺れた。一年生にとって、六年生は、おとなと同じようなものだった。

そんなことを思い出していたら、舞台の上の沖田先生がいきなりピーッと笛を吹いた。

「静かに！」

体育館が一気に静まる。出畑も、自分が叱られたように首をひっこめた。

沖田先生は厳しい。これまでの先生たちと全然違う。近藤たち女子グループがひそかに『氷の女王』とあだ名をつけているようだが、ズバリ当たっていると思う。学年主任で女王然としているし、肌が白くて、ナイフみたいな目でにらみつけてくる。担任になってからもう少しでひと月だが、沖田先生が笑ったところをほとんど見たことがない。

出畑は、自分の母親が沖田先生をあまり好いていないことを知っている。手塚の親が、届けものか何かをしに来て、そのまま玄関で出畑の母親と立ち話をするのはいつものことなのだが、つい昨日、聞いてしまったのだ。「厳しい」「融通がきかない」「うちの子、怖いって言ってる」……。母親ふたりは、最初はひそひそ話のつもりだったようだが、途中からスパークしてきて、結構な音量で沖田先生の悪口を言いまくっていた。家が狭いから、親の声は筒抜けだ。内容は想定の範囲内だったけれど、出畑が驚いたのは、手塚の親が「所詮〝じゅえるちゃん〟、なのにねえ」と言ったこと。それを聞いて自分の母親が声をあげて笑ったこと。出畑は、聞いてはいけないものを聞いてしまった気がして、耳が熱くなった。沖田先生のことは好きではないが、母親たちのこんな会話や笑い声を、先生には絶対に聞かせたくないと思った。

出畑も沖田先生の下の名前がじゅえるだということを知った時にはびっくりして、なんだか少し、わくわくした。だけど、名前について触れたとたんに沖田先生の顔がこわばったから、こども心に、これがタブーというものかと悟った。他のみんなもそうだったと思う。それきり沖田先生の下の名前について口にする者はいない。

名前が変だからといって、陰で笑い者にするのは絶対に良くない。この気持ちは、厭なあだ名をつけられた奴にしか分からないことだろうと思う。出畑はだから昨日は母親の前でずっと不機嫌な顔で過ごしていたのだが、そのせいで兄に「反抗期野郎」とからかわれ、余計にむかむかしたのだった。

「まず最初に、桜丘タワーをがんばって作りたいって思う子は手を挙げて」

沖田先生が言った。当たり前じゃないか。出畑は「はい、はーい」と口に出しながら手を挙げた。手塚も同じように声を出しながら挙げていた。近藤を筆頭にしたクラスで一番目立つ女子のグループも、皆大きく手を挙げている。出畑は嬉しくなった。ほら。みんな、やりたいに決まってる。

「おろしていいですよ。では、いちおう訊きますけど、タワーを、ちょっと、やりたくないなっていう子、いますか」

沖田先生が言った。

そんなやついるのかよ、と出畑は思った。

安田澪のほそい手がすうっと挙がった。

出畑は焦った。安田は転入生だから、人間タワーの凄さを知らないのだ。

安田だけではなかった。ぱらぱらっと手が挙がった。嘘だろ、と出畑は思った。やりたくない奴、誰だ。にらみつけるように見渡した。安田以外は、背の高いやつばかりだ。ちょうど人間タワーのいちばん下の段を担当するこどもたちのポジション決めをしていたところだったので、大きな子たちは皆、ひとつの場所に固まって座っていた。その中の十人くらいがまとまって手を挙げている。学年でいちばんの巨漢の比良岡耕介《ひらおかこうすけ》も手を挙げている。あいつはデカいくせに体力がないから、土台になるのが厭なのだろう。一組では他に青木栄太郎《あおきえいたろう》や日村太一《ひむらたいち》、国貞美香《くにさだみか》、佐藤杏子《さとうきょうこ》といった背の高いやつらが手を挙げている。そういえば国貞は四段ピラミッドの練習の時も不平ばかり言っていた。出畑は国貞の背中を階段にしててっぺんまで上るのだが、いちいち「痛っ」と叫んでくる。しかもあとから睨《にら》みつけたりしてくる。むかつくから、出畑は国貞のことを踏みつける時はわざと痛くしてやった。

「ほとんど皆がタワーを作りたいという気持ちだということが分かりました」

沖田先生が言った。そうだ、そうだ、と出畑は思ったけれど、やりたくないというほうに安田が手を挙げていたのが気になって、「そうだ、そうだ」と口に出して言えなかった。

「タワーを作りたくないという子は、何が問題なのかな」

穏やかな口ぶりの沖田先生の目が全く笑っていないことに出畑は気づいた。

「三組の、さっき松村《まつむら》先生にタワーを作るのが厭だから見学したいって言った子、いましたよね。ええと、久本《ひさもと》さんと竹内《たけうち》さん。ちょっと、意見を聞かせてくれる？」

全員の目が、名前を呼ばれた女子ふたりに集まる。あのふたりも、三組のでかい二人組だ。

「はい。立って」

沖田先生が言った。久本と竹内はなかなか立ち上がらない。沖田先生にもう一度せかされて、ようやくのろのろと立ち上がった。ふたりは顔を見合わせている。ふたりの顔のこわばり具合は離れた出畑からも見て取れて、ふつふつと泡みたいに気持ちが高揚してゆく。ざまあみろ、という気持ちだ。

「あなたたちふたり、タワーをやるのが厭だから見学したいって言ったみたいだけど、どうして厭なのか、教えて。自分たちだけ見学するっていうわけにはいかないでしょう」

沖田先生はいらいらしているようだ。出畑は自分の気持ちが沖田先生にシンクロしていくのを感じた。久本と竹内は立ち上がったまま何もしゃべりださない。全員の目がふたりに向かっている。

久本が何かぼそぼそと喋ったようだ。

「聞こえませーん！」

二組の誰かが大きな声で言った。出畑も真似して、「聞こえませーん！」と言ってやった。

「何、何」

「聞こえた？」

「聞こえない」

みんながざわざわと確認しあっている。

「静かにっ。久本さん、もう少し大きな声で言ってくれないと、聞こえないよ」

沖田先生が言った。久本はみるみる頬を赤くし、結局そのあとは何も喋らなかった。

「はあ？　あいつ、何なんだよ」

手塚が言った。

「なんなんだよ」

出畑も同じことを言った。

沖田先生がメガホンを口元にもってきて、

「国貞さん」

と、一組の国貞美香の名前を呼んだ。「なんだよ、あのでしゃばり」と出畑はつぶやく。

国貞が立ち上がり、

「私も、反対です」

と、きっぱり言った。

体育館がざわめいた。温度が上がった気がした。

「理由は、四段ピラミッドの時も、上にのる子がいちいち踏みつけてきて、思いやりがないので、私たち下の子たちはいつも厭な思いをしていたし、すごく痛くて、人間タワーだとピラミッドより重たくなると思います。それで、このあいだは三組のピラミッドは崩れてしまったから、久本さんは下の段だから痛かったんだと思います」

出畑は頭にカッと熱い血が上るのを感じた。

「上のやつだって、上にのるしかないんだから仕方ないだろっ」

と、我知らず叫んでいた。

「どう考えても下の方が大変だろっ」

四角い顔をゆがめて国貞が怒鳴り返した。その横から「そうだよ！」と佐藤も助け舟を出すように叫んだ。勢いづいた国貞は、

「出畑、いつもこっちの背中をどんって蹴るようにしてのってんじゃん。いてーんだ

よ！　こっちはやられっぱなしなんだよっ。下の人の気持ちなんか、考えたこともないじゃん」

と言った。そのとたん、出畑の周りの、つまりは小柄な児童たちがいっせいに、

「は？　何言ってんですか⁉」

「上だって大変だし、怖いし、みんなで少しずつ我慢してんだよ」

と出畑に加勢し、一気に沸き立った。

出畑の胸に、熱いものがわいた。上にのる子たちは、もう、最初から、仲間だった。出畑は仲間たちに応援してもらえている気がした。こんなに心がぞくぞく熱く燃えたのは初めてだ。

沖田先生が壇上から出畑の名前を呼んだ。

「国貞さん、呼び捨てはだめ。出畑さんも、言いたいことがあるなら手を挙げて。みんなも黙って。意見がある人は挙手して、あてられてから発言してくださいね。はい、出畑さん」

そう言う沖田先生のまなざしが、いつもより少し優しい気がした。沖田先生は人間タワーをやりたいのだ。出畑ははっきりとそう分かった。だから、堂々と立ち上がった。そして言った。

「上にのる人も、高いし、怖いとか、いろいろ大変だけど、自分が上にのる役割だって

分かっているから、頑張ってのってるんです。下だけが大変だって思わないでください」

そうだ、そうだ、と誰かが言ってくれた。出畑は、自分が緊張せずにはっきり意見を言えたことに少し驚いた。いつだって、人前に立つとどぎまぎして、言葉がつっかえてしまって、言いたいことの半分も言えない。けど、今日は言えた。味方がたくさんいると分かっていたからだ。

出畑の周りからたくさんの手が挙がった。

「わたしも、今の国貞さんの発言は自分が下だからっていばってるように聞こえました」

「出畑くんに付け加えなんですが、上にのる人も大変だし、怪我をしないようにがんばるのが組体操の意義だと思います」

「自分が痛いからやりたくないというのは自分勝手だと思います」

意見が飛び交った。

途中で国貞が泣き出した。出た、と出畑は思った。学校には暗黙の「泣けばいいルール」があって、そのルールを使うのは決まって女子だ。いつも男子を蹴ってきたり暴力的なくせに、ちょっとやり返すとすぐに泣く。こういう言い合いの時も、自分が不利になったとたんに泣いて不戦勝に持ち込もうとする。狡いんだよ。

と思ったら、沖田先生が、

「泣いても仕方がないことだからね」

と言ってくれた。これが国会なんかだったら「そうだ！　そうだ！」と叫んだだろう。出畑は大いにスカッとした。

「でも、他のみんなも、個人攻撃する時間ではありませんよ。何か、言いたいことがある人は、手を挙げて、名前を呼ばれてから立ち上がって発言すること。野次は発言と認めませんよ」

沖田先生が言った。いつものやり方だから、一組の児童は心得ている。

近藤蝶が手を挙げ、沖田先生に指された。

近藤は立ち上がり、体育館の皆を見まわした。だから、何となく、みんなが静かになった。いつも子分の女子を従えていばっている近藤が何をしゃべるかによって、この議論の流れが大きく変わると思った。出畑はどきどきした。近藤が、澄んだよくとおる声で話し出した。

「あたしは、タワーをやりたいです。理由は、去年の人間タワーが最後のほうで失敗したからです。見にきてくださった方が、みんな、がっかりしたと思います。うちのお母さんも、『来年こそは世界で一番の人間タワーを作ってね』って言ってくれました。お姉ちゃんやお兄ちゃんにもそういわれました。皆が楽しみにしています。あたしは今年、絶対世界で一番のタワーを作って、桜丘小の六年の団結力を見せつけたいです。そのためなら、もし国貞さんがどうしても一番下が厭だって言うなら、あたしが国貞さんと代わってあげてもいいです」

一拍おいてから、わあっと拍手が湧いた。

出畑も慌てて拍手した。手塚も拍手した。安田澪も、静かな目のまま、音のない拍手をしていた。出畑は拍手の音量を必死で上げた。手が痛くなるくらい叩いた。

これはもう、すっげーの作るしかないじゃん！

世界一のタワー作るしかないじゃん！

「近藤さん、ありがとうございます。みんな、拍手、もういいよ」

沖田先生もとてもうれしかったようで、ぱあっと光るような笑顔になっていた。

「早く練習しようぜっ」

待ってられないというふうに、手塚が言った。出畑も慌てて、「そうだよ、練習しようぜ」と叫んだ。

「分かった、分かったから」

沖田先生が静まれ静まれというふうに、手を上げ下げするジェスチャーをした。そうしないと声が聞こえないくらいに、体育館のボルテージは上がっていた。近藤蝶の発言が火をつけた。

その近藤がまた手を挙げて、ふたたび立ち上がる。

「先生、提案なんですけど、タワーのどの位置をやるかは、みんなで相談して決めたらいいんじゃないですか。やる気のある子はきついところでもみんなのために頑張りたいし、そうじゃない子もいるし、あたしは別に、下のほうになってもいいし」

いいことを先に言われてしまった。出畑は焦るような気持ちで、

「俺だって、一番下、やってもいいぜ」

と、誰にともなく大きな声で言った。本心だった。

沖田先生と目が合った。手を挙げずに発言したことを叱られるかと思ったら、そうではなかった。

「今、なんか言ったかな？　出畑さん」

沖田先生が優しく訊いてくれた。

出畑は、沖田先生と心が通じ合った気がした。

立ち上がって、

「俺も、一番下を、やってもいいです」

そう言うと、皆がますます拍手をしてくれた。拍手は出畑の心を高揚させた。

「だから、やる気ないやつは楽な場所にすればいいんじゃないですか⁉」

叫ぶように、付け加えた。タワーをやめさせようとした国貞への当てつけだった。

沖田先生は、

「出畑さんの気持ちはよく分かった。もちろん、全員の安全のために、体形や体力を考慮して決めないといけないけれど、そうだね、出畑さん、みんなのために、苦しいことを引き受けるっていう気持ちを発表してくれてありがとう。座っていいですよ」

出畑は座った。

喋り終えた今になって、心臓がとくとくと打ち始める。横から手塚が「ひゅー　ひゅー」と囃《はや》し立てた。

「すごいね」

安田が、ちいさな声で言った。

そのひと言だけで、出畑の心臓はやけどした。

「ヒーローだな、出畑」二組の誰かが言い、「やめろや」出畑はクールに否定したが、頬はますます熱くなった。「ひゅー　ひゅー」手塚がまた囃した。まだ熱い。安田がどんな顔をして自分を見ているのかを考えると、体の奥に大きなパワーがわいて、やけどした心臓がどんどん膨れ上がってゆくような気がした。みんなのために、苦しいことを引き受けるっていう気持ちを発表してくれてありがとう。沖田先生がそう言った。すごい、と安田に思われた。

俺まじで、土台、やってやる。

出畑は決めた。

すげえタワーを作りたい。日本一のタワーを。テレビの取材が来て、びっくりして俺にインタビューするだろう。土台は辛かったですか？　いえ、ぜんぜん辛くなんかなかったです。みんなで辛さを分け合って、すごいタワーを作れたんで、辛くなんかなかったです。

「今、ポジションを、話し合いで決めようっていう意見が出てきたけれど、それについてはどうですか？　大きい子たち。自分の場所を、出畑さんとか、比較的小柄な子が代わってくれるって言ってるけど、そういうのを聞いてどう思いましたか」

沖田先生が言った。

タワー反対派は誰も手を挙げなかった。

「あいつら、ヘタレだぜ」

ちいさな声で誰かが言った。

「ヘタレ、ヘタレ」

別の誰かも言った。

「ヘタレ、ヘタレ」

出畑も言った。

広い体育館の中の一部だけのさわさわとしたつぶやきだったけれど、それがうねるような波になっていくのを感じた。沖田先生は注意しなかった。

「では、ポジションを皆で決めるっていうことに賛成の人、手を挙げて」

沖田先生が言うと、たくさんの手が挙がった。ほぼ全員だ。タワー反対派の国貞や佐藤も挙げている。巨漢の比良岡も挙げている。あいつらは、タワーをやりたくないわけじゃなくて、土台をやりたくないだけなんだ。意気地なしのヘタレめ。

「では、反対の人、手を挙げて」

誰もいない。

やった！ 決まりだ！

と思ったら、ひとりだけ手を挙げた。青木だ。

「おっ、団長。反対するんだ？」

沖田先生が急にくだけた口調で言った。

そうだ、青木は応援団長だ。皆がはっと気づいて、同時に反発心を抱いた。

「団長のくせに反対なのかよ」

誰かが言った。

「団長のくせにヘタレだな」

「団長、ちゃんとしろよ」

出畑も追従して、同じようなことを言った。

応援団長はオーディションで選出され、出畑は青木に負けた。本音をいえば、今も不満でいっぱいだ。青木は団長としての抱負は立派にしゃべったけれど、応援合戦のオーディションではそれほど声が出ていなかったと思う。たぶん、背が高い青木は、銀縁の眼鏡のせいで妙に厳しくおとなっぽく見えるから、五年生がその見た目に騙されたのだ。六年生の何人かは出畑を選んでくれたが、五年生の最多票を集めて、青木が当選した。そのくせして、今、反対に手を挙げている。

「団長のくせに！」

出畑は怒鳴った。手塚も怒鳴った。他の皆も思い思いに声をあげた。

自分たちがひとつのうねりを作り出すことで、青木に意見を言わせないようにしている、その作為に、出畑はうっすら気づいていた。気づいていても気づかないふりをして、ひとつのムードを作り出すことは、気持ちが良かった。ヘタレ野郎の青木なんかに、意見を言わせたくなかった。

チャイムが鳴った。

沖田先生が、

「みんな、静かに！　この続きは、各学級に持ち帰って、昼休みか帰りの会で話し合いましょう。日にちがないからね、今日明日で決着させないとなりませんから、みんな、ちゃんと意見をまとめてくださいね」

と締めくくった。

六年生は立ち上がり、いつものように挨拶をして体育館から教室へ帰った。

帰りの会で、話し合いの続きが行われた。

すでに「タワーをやる」という前提で話は進められた。ポジションをどう決めたらいいのかという話し合いで、近藤蝶が、「各自が希望のポジションを第三希望まで紙に書いて出したらいいと思います」と言った。賛成多数で近藤の意見が一発で通った。国貞や佐藤といった反対派も、皆から非難を浴びたのが応《こた》えたのか、「真ん中辺の段にしてくれるなら、やってもいい」と言ったし、巨漢の比良岡も「一番下でもいいけど端っこがいい」と彼なりの譲歩を見せた。青木は黙っていた。

「早く紙を配って、集計しちゃってください！　時間がないんだから」

近藤蝶が言った。

「で、では、ポジションの希望を書く紙を配ります」

帰りの会の司会をする日直が、あわてて紙を用意する。ノートを忘れた人が自由に使っていいことになっている藁半紙の裏紙を半分に切って全員に配った。

「紙、みんなにいきわたりましたか？」

日直でもないのに近藤が指揮をとる。近藤は前に出て、黒板に、タワーを描いた。そして、いちばん下の段に「1」と書き、一段あがるごとに、「2」「3」……と数字をつけていった。

「ええと、希望の段を第一希望から第三希望まで書いて、名前も忘れずに書いて、提出してください。いちばん下が1段目で、2、3、て、順に高くなります。間違えずに書いてください」

出畑は、紙をもらうなり、周りに見せつけるような迅速さで「第一希望　1段目　第二希望　2段目　第三希望　3段目」と書いて、さらに「書いた！」と声に出して言った。それから前の席の手塚を覗き込んだ。

「見るなよ」

手塚は鉛筆を持っていない方の手で紙を囲い込むようにして隠したが、出畑はすでに見てしまっていた。

「第一希望　3段目　第二希望　4段目　第三希望　2段目」と、手塚は書いていた。なんだよ、卑怯じゃないか、一段目を希望しないのかよ。出畑は頭に来て、思ったことをそのまま言ってやりたかったけど、沖田先生から「しっ」と短い言葉で静粛にするよう言い渡されたので黙るしかなかった。となりの女子の紙を覗き見したら、やはり真ん中あたりの怖くない、きつくもない位置を希望していた。

出畑は少し不安になってきた。

もし誰も一段目を希望しなかったら、タワー、どうなるんだよ。

何のためらいもなく「1」と書いた自分が、とんだ貧乏くじをひかされているような気がしてきて、不安になった。指先が消しゴムへと動きそうになる。一段目は、さすがに無理なんじゃないか？　俺、小さいし。

しかし出畑は、すんでのところで思い直した。

みんなのために、苦しいことを引き受けるっていう気持ちを発表してくれてありがとう。ひゅー　ひゅー。すごいね。ヒーローだな、出畑。ひゅー　ひゅー。

体育館でかけられた言葉たちは、まだ鼓膜の表面にうすく張りついたまま、出畑の心をくすぐり続けていた。いいじゃん。いいじゃん。一段目、やっちゃえよ。心の中でつぶやいた。「すごいね」って、言われたし。安田さんに。

消しゴムへ伸ばしかけた指を、出畑はひっこめた。

第一希望　1段目　第二希望　2段目　第三希望　3段目

日直が皆の紙を回収した。全員立って挨拶をして、帰りの会はお開きとなった。

☆

センサーに人さし指を当ててから、カード型のキーをスライドさせた。カチッと開錠の音がする。扉を開けて、安田澪は自宅に帰る。

家には誰もいない。澪は銀色のラメの入った「瞬足」スニーカーを玄関で乱雑に脱ぎ捨てると、ランドセルを廊下に放った。両親は仕事だ。学童保育に行っている妹の聖《ひじり》の迎えには、近所に住む祖母が行くことになっている。

澪はまっすぐ冷蔵庫に向かい、母が用意しておいてくれたおにぎりと鶏《とり》のつくねをレンジであたためた。手を洗わず、髪を梳《と》かさず、靴下をかえず、つまりは母に言われていたことを一つも実行せずに澪はおにぎりをほおばった。

家を出る前にスマホを確認すると、母からメッセージが届いていた。

――お弁当、リュックの中に入れてあります。飲み物はペットボトルを買ってね。

「了解です」と返事をした。

今日は、学校を出る時間が二十分も遅かった。いつもの電車にはもう乗れない。どうせ塾には遅刻だ。そう思うと、いっそすがすがしいくらいの気分になって、駅までゆっくり歩いた。

ロータリーの横断歩道を渡っていると、同じ塾に通っている青木栄太郎が改札へ向かって必死に駆けていくのが見えた。

小学校で同じクラスの青木は、ひょろりとしていて背が高いから、遠目でもすぐ分かる。彼が背負っている青いリュックのサイドポケットにはいつも、緑色というにはテカり過ぎる、亜熱帯の昆虫の羽みたいな変な色の細長い水筒が突き刺さっていて、落ちそうだなと思うけど、落ちたことはないのだろう。だから今日も突き刺さっている。

――塾についた？

母からメッセージが来た。授業開始五分前だ。澪は少し迷ってから、「ついた」と送った。すかさず母からまたメッセージが届く。

――お手紙、学校の先生に出してくれたよね。

どきんとして、澪の指先が固くなる。ランドセルに入れっぱなしの手紙を思い出した。

「出したよ」

澪は嘘を書いた。すぐに母から返事が来た。

――了解です。授業、しっかり集中して、がんばってね。

澪はスマホをリュックにしまった。

今日の三、四時間目、運動会の組体操について話し合いがあった。桜丘タワーをやるのか、やらないのか。意見はまとまらず、そのせいで帰りの会が長引いた。青木もわたしも、それから同じ塾に通っている佐藤杏子も、今日の授業はそろって遅刻だろう。いや、佐藤は母親が車で送ることも多いから、もしかしたらもう到着しているかもしれない。

全力疾走の青木の姿は、すでに視界から消えてしまった。青木が急いでいるのは、授業の最初のテストが受けられないとシールをもらえないからだろう。背が高くて眼鏡の顔が思慮深そうにも見える青木だが、しょせんはお子ちゃまだ。澪は速度を変えずに改札を通過し、エスカレーターでゆるゆるとホームまであがった。

ホームに佇む青木の姿があった。すんでのところで前の電車に行かれてしまったようだ。青木は、「あ」という顔をして澪を見た。澪はちいさく会釈し、ちょうどホームに入ってきた電車に、青木とは別のドアから乗った。

扉の横に立ち、リュックから漢字テスト用の練習プリントをとりだした。今日のテストに向けて最終確認をしておこう。構想、容易、準備、肥満、再起。一度間違えた漢字にだけチェックがついている。そこだけ確認しておけばよい。構想、容易、準備、肥満、再起……。間違えたところにはしっかりシルシをしなさい。母に何度も言われたことだ。

ふと顔を上げると、民家が中心の平べったい街並みが振動とともに後ろへ後ろへ流されて、その向こうに薄くのばしたようなグレーの雲があった。

雲は町全体を覆っていて、太陽光をゆるやかに遮っていた。

澪は漢字のプリントを手にしたまま、ぼんやりと外を眺めていた。

この景色を見ると、澪はいつも不思議な気分になった。どの家にも窓がある。窓の中には人がいる。わたしが一生会うことのない人々。その全員がそれぞれ違う小学校や中学校や高校や大学に通っている。お父さんもいるだろうし、お母さんもいるだろう。皆、別々の会社に勤めていて、別々の生活がある。いりくんだ世界のあちこちに、無数の人生があるのだと思うと、澪は奇妙な安堵をおぼえた。自分はその無数の人生の中のひとつなのだ。だったら、特別なものでなくてもいいはずだ。そんなふうに思うことで、澪の気持ちはいつも少しだけ軽くなる。

「安田さん」

ふいに肩の後ろから声をかけられた。青木だった。

澪はびっくりしたが、顔に出さず、「何」と静かに訊いた。

「反対に手を挙げてたよね」

青木が言った。

挨拶もなく、ぶしつけに本題に入る青木のこどもっぽさに、澪は内心でいらだった。

無表情のまま見返すと、

「俺も反対した」

と青木は言った。

「知ってる」

桜丘タワー、みんなが「人間タワー」と呼んでいる、組体操の演目のことだ。

澪は人間タワーを見たことがない。この春、都心のタワーマンションからこの町に引っ越してきたばかりなので、去年の運動会に参加していないからだ。桜丘小の伝統だとか、一度見たら忘れられないとか、皆が異様にほめたたえるけれど、どんなものなのかイメージがわかないし、内心で、特別な訓練を受けているわけでもない小学生たちが作るものなどタカが知れてると思っているから、さほど興味も湧かない。

「青木くん、タワー練習の最後に手を挙げてたよね。反対意見、言おうとしてたんでしょ」

澪が言うと、青木の目に共感を迫るような色が浮かんだ。

「うん。そうなんだよ。なのに、デベソたちがうるさくて、発言できなかった」

「でべそ?」

「出畑のことだよ」

「あだ名、だめなんでしょ」

「みんな言ってるよ。幼稚園の時から。あいつ実際デベソだし」

「青木くん、なんで反対意見を帰りの会で言わなかったの」

「言っても無駄だよ。あいつら、聞く耳持たないじゃん。近藤とかさ」

「でも俺、今日のアンケートに意見書いたから」

得意げに、青木は胸を張る。

「ふうん」

「どんな意見？」

「どんなっていうか、反対意見だよ、もちろん。今、テレビでも組体操の事故のニュースとかやってるじゃん。知らない？　自治体の中では組体操禁止にしようってところもあるし、二百キロの負荷がかかるっていう話もあるし。それなのにあんなでかいタワーを作るっていうのが、時代に逆行しているっていうこと。危ないだろ。何かあったら、誰が責任とるの。俺たち受験するのにさ、もし右手を怪我したら、責任とれるの。もちろんそんなこと、そのまま書かないけどね。もっとマイルドに書いた。受験の内申書に差し障らない程度に、うまくさ」

「ふうん」

「でも、どうせ俺の意見なんか無視されて、やることになるんだろうな、タワー。沖田はやる気マックスだし、あとのふたりは沖田の部下だし、デベソとか近藤とか、あいつら死ぬほどばかだし」

「ばかは『悪い言葉』だよ」

「学校の外でなら言ってもいいんだよ」

「ふうん」

電車が塾の最寄り駅に到着した。青木と澪は一緒におりて、ホームを歩いた。

「安田さんさー、引っ越してきて、桜丘小ってレベル低いと思わなかった？」

青木が訊いてきた。

「レベル？」

「今日の話し合い、すげーレベル低かったな。俺が応援団長だから何？　応援団長は絶対に人間タワーに賛成しなきゃいけないのかよ。言論統制かよ。そんな決まりあるのかよ」

澪の肩のあたりを眺めながらひとりでぶつぶつ不満を言っている青木に、澪は、

「青木くんは桜丘小以外の学校を知ってるの」

と訊いてみた。

「どういう意味」

「転校とか、したことあるの」

「ない」

「そう」

澪は、青木をほほえましく感じた。おそらくは親の受け売りだろう内容をとくとくと喋って満足しているが、いきがったところで世間を知らないのだ。自分の学校がどれだ

けましか、分かっていない。

澪は桜丘小が好きだ。秩序があり、統制が取れている。みんなが先生の言うことに従う。どの小学校もそうだと思ったら大間違いだ。

澪は転校してきた当初、用心しながらあたりを見まわして過ごしていた。だから、六年一組の人間関係については誰より詳しいかもしれない。男子は権力が分散していてあくどい子はいないし、女子も見た目が華やかな近藤蝶をトップに緩やかなカーストがあるといえばあるけれど、その近藤自体がさしで話してみたら、少しばかり自己顕示欲が強いだけの、まじめな子だったから、いじめとか、変な方向にはいかなそうだ。暴力沙汰は起こらないし、先生に暴言を吐く子もいない。

前の学校には怖い子がいた。常に獲物を探していて、誰かを傷つけることをよろこぶような子。澪はそういう子を見抜くのが昔から早かったし、そういう子の目から隠れて生きるのが得意だったから、あまりひどい目に遭うことはなかった。だけど、クラスのいじめを見て見ぬふりをすることに、心はすっかり疲れていた。

怖い子がいないだけではない。桜丘小は授業中に歩き回るような子がいない。テスト用紙をまるめて投げる子がいない。授業の始まりのチャイムが鳴ると、皆ちゃんと席につく。掃除の時間だって、たまにふざける男子はいるが、おおむねみんなきちんとやっている。誰かに押しつけてサボる子がいない。前の学校では、考えられないことだった。

「桜丘小はすごくいい学校だと思うよ。話し合いになっても、憲法があるから悪い言葉を言う子がいないよね。それだけでもすごいことだと思う」

「そうかなあ」

あんなに貶《けな》していたのに、自分の学校を褒められると青木はくすぐったそうな顔をする。

「桜丘憲法ってさ、塾のやつらに日本国憲法の真似じゃんて、ばかにされたけどな」

「いい憲法だと思うよ」

本心だった。前の学校の先生に、こういうやり方があるんだよ、と教えてあげたかった。学校で憲法を作って、一年生の時からきちんと守らせれば、学級崩壊になんてならなかったかもしれない。

桜丘憲法の中では、児童が決して使ってはいけない「悪い言葉」が毎年、五つ決まっている。今年は、きもい、うざい、ぶす、しね、ばか。こどもたちにアンケートを取って毎年選び直している。その言葉を使った瞬間、どんな状況であったとしても、校長室に呼ばれて、親にも報告がいくことになっているので、皆、言わないように気をつけている。うっかり言ってしまったら、すぐに謝る。先生によっては居残りになることもある。他にも、あだ名をつけることや呼び捨てにすることを禁止しているし、健康な時に友達に自分の持ち物を持たせることも禁止。友達の教科書やノートに書き込みをするのも禁止。見方を変えれば規則でがんじがらめなのだけれど、むしろ小学生はがんじがらめにされるべきだと澪は思う。解き放たれた獣みたいなこどもたちがどんなに残酷か、前の学校でさんざん見てきた。

だけども、今日の話し合いで、澪は落胆した。

沖田先生が、熱しやすく単純な男子をうまく利用して、やりたくない派の子たちを吊し上げたのだ。

澪は、規律をしっかり守らせる沖田先生の統率力を気に入っていたから、その沖田先生の汚いところを見てしまったように感じて、暗澹《あんたん》とした気持ちになった。と同時に、沖田先生がこれほどタワーを作りたがっているのに、うかうかと「反対」に手を挙げてしまったことを悔やんだ。今日、母親からの手紙を沖田先生に渡さなくて良かったと、心から思った。

「国貞がばかなことを言ったせいで、賛成派を勢いづかせたと思わない？」

青木は顔をしかめて言った。

「おまけに泣き出すしさ。あいつ、ディベートのやり方、分かってないな。痛いとか重いとか、主観的なことばっかり言うんじゃなくて、組体操の事故が何件起きているとか、ある自治体は組体操を禁止したとか、客観的な事実を言えば良かったんだよ」

「そうかな。わたしは、どんな客観的な事実より、国貞さんの言ったことが、人間タワーの本質をついていたと思うけど」

「あれが、本質？」

青木が薄ら笑いを浮かべた。

「うん。そう思う。国貞さんが『下は重くて痛い』って言ったら、『上にのるのだって怖いんだよ』って言い返した子たちがいたけれど、『痛い』と『怖い』は別物だもの。『痛い』は肉体的なもので、『怖い』は精神的なものでしょ」

「だから？」

「その二つは比べられないっていうこと」

「そうかなあ」

「あとね、国貞さんが言っていたとおり、土台になる下の人は、上の人に、やられっぱなしだよ。何もできない。背中をぐらぐら揺するとかできるけど、それで万が一潰れちゃったら、自分の方が怪我するでしょ。だから、下の人は平たくて丈夫な背中をただ上の人のために差し出さなきゃならない。重くて、痛いのに。でも、上の人は、自分の気持ちひとつで、どんなふうにものれるでしょ。思いやりをもってそっとのることもできるし、わざと踏みつけることもできる。上の人には選択肢がある。下の人にはそれがない。圧倒的に、上にのる人が有利だよ。そういう仕組みになってるんだよ、人間がつくるピラミッドって」

青木が急に立ち止まった。青木はまっすぐ澪を見ていた。薄ら笑いが消えていた。

「すげえ。安田さん、それ、みんなの前で言えばよかったのに」

青木は真顔でそう言った。

青木の意外な素直さに動揺して、「言わないよ。わたしは上にのる側だから」つっけんどんに澪は言った。

とたん、大きな声で、

「ひどいな、おまえ！」

青木は言った。

澪は慌てたが、青木は笑っていた。その笑顔は、さっぱりしていて、裏がなかった。だから澪は安心して、

「わたしは人間タワーには反対だけど、人間タワーをやらないことにも反対」

と言った。

「は？　どういうこと？」

「今日の話し合いで、出畑くんや近藤さんの発言を聞いてたら……」

「デベソは単細胞なんだよ。近藤はうるさいだけで頭悪いし。去年、骨折した子がいるから今年はやらないだろうって、うちのお母さん言ってた。国貞の親も反対してるらしいし」

「だけどさ、青木くんは応援団長でしょ。国貞さんも選抜リレーの選手。運動会って、だいたい体が大きい子の方が、活躍の場があるじゃない。わたしとか出畑くんみたいな小さい子のほうが目立てる種目がちょっとはあってもいいんじゃないかって気もしない？」

そう言うと、青木はまた、黒目をふちどる白い部分が丸く見開かれるような、漫画みたいな顔をして、

「安田さんて、志望校どこなの」

と訊いてきた。

「え？」

脈絡のない質問に、澪の顔はひきつった。青木の目に邪気はない。澪はこわばった口角をなんとか持ち上げ、苦笑いに変えて、

「何、急に。そんなのまだ決まってないよ」

と言った。

「安田さん、言うことが天才的だから、すごいところ受かりそうだな」

青木は言った。

澪は、思ったことをすぐ口にする青木のこどもっぽさに呆れた。

「じゃあ青木くんはどこなの」

そう訊くと、青木はするりと難関校を挙げた。

「ふうん」

としか、澪は言えなかった。

通りを曲がると塾の看板が見えた。青木ははっとした顔になった。

「やべえ、もう始まってるじゃん。走ろうぜ」

澪が首をふると、青木は「じゃ、俺行くから」と短く言って、躊躇なく澪をおいて駆けて行った。

残された澪はなぜだかそのまま歩き出せず、みるみる塾のビルへ吸い込まれていく青木を見送った。相変わらず、南国の虫みたいなてかてかした緑色の水筒がリュックサックに突き刺さっている。青木が激しく走ってどれだけぐらぐら揺らしても、決して落ちることのないけなげな水筒を、澪はぼんやり見つめている。

志望校どこなの。

さっき、不意打ちみたいに訊かれた。青木の無邪気なまなざし。その程度の気持ちで受験できるんだな、と、澪は思った。その程度の……ゲームみたいな感覚で。

塾に行きたくない。でも、他に行くあてはないし、家に帰ることも考えられない。

さっきまで人間タワーの話で盛り上がっていたのに、澪は自分のなかみがすっかり萎《しぼ》んでしまった気がした。でも、どうせわたしは今日もあのビルに入って、階段をのぼって、受付で塾証を提出して、それから教室に入って少し遅刻で授業を受けるのだ。逃げ出せないことも、逃げ出したくないことも、自分がいちばんよく分かっている。

どうして聖とわたしは、パパやママの遺伝子を継がなかったのだろうと思う。聖もだめだったし、わたしも同じだ。きっと中学受験でも失敗する。そうしてまたママを悲しませることになる……。

二月の受験のことを思うと、澪は体がすくみそうになる。

澪は、今回の引っ越しの理由は、妹の聖が小学校受験に失敗したからだと知っている。表向きは、学童保育のお迎えを祖母に頼むために、実家のある町に引っ越してきたことになっているけど、お迎えくらいシッターさんに頼めばいいだけのことだった。それをわざわざ引っ越したのは、同じタワーマンションに住んでいた子たちの中に、聖が不合格だった小学校に受かった子が何人かいたから。

――もう、無理。耐えられない。あの制服を見ないですむ町に住みたい。

そう言って夜中、母が父に向かって泣いているのを、澪はこっそり聞いてしまった。

聖だって、かわいそうだった。

早生まれで、小柄な聖。しゃべりだすのが遅かった聖。なんだかよくわからないまま母に連れまわされて幼児教室に通わされ、いつの間にか受験をさせられていたのだが、不合格になってしまった時は、ちいさな目玉からぼろぼろ涙を落として「ママ、ごめんなさい」と謝った。こどもに謝らせるなんて、と父は母を責めた。母も「謝らないで」と何度も聖に言っていたけれど、時おり漏れてしまう暗い溜息を、聖に何度も聞かせた。

引っ越してきてからも、家にいる土日も、母の笑顔にはりがないし、ときどき虚《うつ》ろな目で空《くう》を見るのは変わらない。

澪は母のぼんやりした顔を見るたび胸がきりきりと痛む。

小学校受験は、低体重児で生まれた聖には不利な戦いだった。

でも、自分なら、できたはずだ。それなのに……。

もう忘れたことにしているけれど、実をいえば澪もかつて聖と同じ学校を受験して、不合格だった。澪と聖が入れてもらえなかったのは、母の母校だった。母の気持ちを思うと、澪は心が締めつけられる。娘をふたり産んで、そのふたりとも、母校を不合格になってしまったのだから。

でも、胸の中にちりちりと反発の気持ちも芽生えてしまうのだ。受験、させられたんだもの。したいなんて、本当は、思ってなかったんだもの。ママと同じ学校に行きたいなんて、思ったこともない。校庭が狭いし、男子がいないし、電車で通うのも怖いし。

でも、それが本心なのかどうかも澪には分からない。やっぱり、母と祖母が口々にほめそやすあの学校に入りたかった気もする。白いセーラー服。水色のリボン。紺に金色の線が入った上品なベレー帽。何度も何度も見せられた、物語の中の女の子みたいな制服を、着たかったような気もしている。

母の母校は中学からも生徒を募集している。中学は偏差値も低いから入りやすいのよ、と元気づけるように母は言った。入りやすいと言うわりに、母は、澪を小学校入学と同時に進学塾に入れた。

低学年のうちは、小学校受験の貯金もあって、常にトップクラスの成績だった。そうなると母は、自分の母校よりも偏差値の高い学校を受けて「リベンジしよう」と言った。だけど、澪は四年生のおわりくらいから、周りにじりじりと抜かれて行った。まず算数が分からなくなった。それから理科の計算問題が解けなくなった。月の動きが、イメージできない。浮力の計算が分からない。得意の国語だけではカバーしきれないくらい、理系科目の成績が下がった。

六年生から通い始めたこの街の塾は、成績順に三つのクラスに分かれていて、澪は現在、真ん中のクラスにいる。青木は上のクラス、佐藤杏子は下のクラス。

青木は、言動はこどもっぽいのに、ものすごく算数ができる。毎週の算数テストで、青木の名前は上位十人に入っている。だから、あんなふうに屈託なく人に志望校を訊いたり、自分の行きたい学校名を口に出せるのだと澪は思う。

上に行けば行くほど、選べる学校が増えるんだ。自分の偏差値に見合った学校を志望してもいいし、校風が合うからと楽に入学できて自分がよい成績を取れる学校を選ぶこともできる。それは、さっき自分が何の気なしにしゃべった人間タワーの「本質」に似ているんじゃないか。そう思ったら、ぞっとした。上の人には選択肢がある。下の人にはそれがない。圧倒的に、上にのる人が有利。そういう仕組みになっている。だから上に行ける人は土台の数よりずっと少なくしなくてはならない。

でも、不思議だ。たぶんタワーの頂上を目指して努力してきて、今そこにいるはずの母は、全然幸せそうじゃない。娘の受験の失敗だけで、あんな虚ろな目になってしまうくらい、母の立つその場所は脆《もろ》いのか。

今日、母から預かった手紙の文面を、澪はぼんやりと思い返す。

学校についてから、糊付けされているのをそうっと剝《は》がして、中身を読んだ。それからもう一度封をした。沖田先生に提出しなかった。

桜丘タワーを中止してほしいと書いてあった。内容は、青木がさっき喋っていたこととほとんど同じだ。全国で起こっている事故、その後遺症、各自治体の反応、そうしたことをこまごまと例示してあった。組体操に批判的な新聞記事の抜粋もつけられていた。そういえば青木のさっきの言葉、二百キロの負荷だとか、時代に逆行だとか、母が選んだ新聞記事の中にそのまま同じ文言があった。

『……また、私事ではありますが、娘は中学受験の準備をしており、万が一組体操による怪我等で勉強に差し支《つか》えることになりましたら取り返しがつかないことになるのではないかと危惧《きぐ》しております。どうか学校長、ＰＴＡ、教育委員会、さらには自治体の教育課等広くご相談いただき、運動会から負傷する可能性の高い演目を外していただくべくご検討の程、よろしくお願いいたします。

安田茉優《まゆ》』

読みながら、澪は次第に青ざめていった。この手紙を渡したら大変なことになると思った。

母は手紙の文面の序盤で自分の身分や職業を明記しているし、この手紙のコピーをとってあることまで書いてある。完全に戦闘態勢に入っている。

やめてほしい。転入したばかりの学校で、こういうの、ぜったいにやめてほしい。だいたい母はどこから人間タワーのことを聞いたのだろう。最初の保護者会を仕事で欠席しているから、まだママ友ができていないはずだ。ママ友がいたら、その中には近藤蝶の母親のようにタワーを作ってほしいという人もいるだろうから、母もこんなスタンドプレイはしなかったはずだ。

澪は頭を搔《か》きむしりたくなった。保護者会で皆の前で意見をするわけでもなく、誰か他に同じ意見の母親と相談してから共同で行動を起こすのでもなく、ただ、ひとりで思い立ち、その気分のまま自分の要求を通そうとしている母の文章は、整然としているのに、どこか滑稽で痛々しい。滑稽で痛々しいのに、この手紙には威力がある。ここまで書かれたら、さすがの沖田先生も無視はできないだろう。ＰＴＡとか教育委員会とか、自治体の教育課とか。母がそういう言葉ひとつひとつを研いだ剣を見せびらかすような感覚で書き記していることが、澪には分かる。学校は澪の母のことを、「責任をとらせる保護者」だと見る。「要注意人物」と同義だ。

いやだ。いやだ。澪は泣きたくなる。

祖母はいつも、「あなたのお母さんは昔から本当に優秀だった」「あなたのお母さんは、すばらしい仕事に就いている」と母を褒める。母は大学の教員をしていて、難しそうな分厚い本を数冊出している。前の学校でも、そのことはかなり有名で、学校の先生や、よそのお母さんからも、「すごいね」とよく言われた。

昔はそれがうれしかった。大学の先生って、小学校より、中学校より、高校より、ぜんぶの先生の中でいちばん「上」なんだよ。あまりに恥ずかしいことだが、そんなふうに周りの友達に自慢をしたこともある。小学校の先生よりすごいの？　友達に訊かれて屈託なく頷いていた幼稚な少女。

今はただ、母のすごさに気圧《けお》されている。

母が、母単独ですごいのならそれでいいのだけど、母のすごさはいつも大きな波のように澪をのみこんでくる。

澪のことになると、母はすぐ頭に血がのぼる。学校や塾の先生、時には他の母親に対しても、攻撃的な絡み方をし、彼らを自分の思い通りに動かそうとする。そうすることで、母は澪をまるごと手に入れる。いつもそうだった。

低学年のころから、母はしょっちゅう学校の教員たちと揉めていた。指導の仕方、女子の人間関係の捌《さば》き方、度が過ぎるほど騒ぐ男子の取り扱い方。澪の成績が悪くなると、塾とも揉めた。指導法やカリキュラムに文句をつけて、澪の成績低下を指導者の責任にした。

母は馬鹿にされるのが厭なのだ。馬鹿を見るのが厭なのだ。馬鹿にされないように、馬鹿を見ないで済むように、一生懸命努力しててっぺんを目指してきた人だから。辿り着いたその場所で、怒ったはりねずみのように常に体中の針を立てて周りを牽制し続ける。

そのうち澪は母に騒がれるのが嫌になり、学校で起こっていることを、母に報告しなくなった。

五年生の教室が崩壊していることを、だから澪は、母に知られないようにした。怖い子たちがいじめの対象にしたのは、五年生のクラスを受け持った担任の先生だった。若いのか、おじさんなのか、見た目だけでは澪にはよくわからなかった。赤らんだ肌はつやっていつもてっぺんが禿《は》げていて、背が低くてころんとした体形で、いつも汗をかいていた。

最初から先生は失敗した。ふざける男子を叱る時に「おーい」と呼びかけてしまったり、女子どうしのもめごとを放置したりした。

女子が先生のことを呼び捨てにし始めた。さらには、失礼なあだ名をつけて、悪口を言い出した。そこから先の展開はあっという間だった。

授業中におしゃべりをする子、指を立てた数をあてるゲームをするグループ、UNOで遊びだすグループ、消しゴムを投げあう子たち。

消しゴムが先生の頭にあたった。みんなが爆笑した。

先生が、いつもと違う形相で、耳まで真っ赤になって、

「出ていけ！」

と怒鳴った。

「はーい」

と言って、ひとりが外に出た。それに従う子がぞろぞろと出て行った。先生が慌てて引き止めに行った。みじめな後ろ姿だった。

先生が授業中に言葉につかえたり、震えたりするようになったのは、秋口に差し掛かったころだったろうか。澪は先生のその姿に胸が締めつけられるようで、先生を見るこ

とさえできなくなった。だけども怖い子たちは、先生をあだ名で呼ぶことも、先生の前で「臭い」と言って鼻をつまむことも、授業中に遊ぶことも、ふらっと教室を出て校内を自由に散歩して回ることも、やめようとしなかった。他の先生は誰も助けてくれなかった。先生も、助けを求めなかったのかもしれない。

母に言えば、すぐに学校を動かしたと思う。おおごとにして、解決の道を探してくれたはずだ。

だけども澪は教室で起きていることを、何ひとつ母に言わなかった。仕事のみならず聖の受験の準備もあって始終きりきりしていた母に余計な心配をかけたくなかった。それに、他の子が誰も親に言っていないのに、自分だけ親を担ぎ出すのはかっこわるいと思ったし、そのことが周りに知られたらどうなるのか考えると怖かった。澪は自分を守るために、先生を助けなかった。

聖の不合格で家が大荒れだったころ、先生は学校に来なくなり、澪のクラスは代行の先生が数人で回すようになった。詳細を知らせる保護者会開催のお知らせプリントを、澪は母に渡さなかった。母の落ち込みは激しかった。澪は、こんな揉め事があるような公立小に聖まで行くはめになってしまったのだと思わせることで母と聖にさらなる追い打ちをかけたくなかった。学校関係の友人がいない母に、情報は伝わらないままだった。かかってきた連絡網は、すべて澪が応対し、次の家庭に回した。

あの先生は、いったいどこに行ってしまったのだろう。澪は知らない。こどもたちに、ちゃんとした説明はなかった。

澪は最初から最後まで、先生に対する自分の気持ちが分からなかった。

皆がキモいと言えば、たしかにキモいと思ったたし、皆がウザいと言えば、たしかにウザいと思った。授業中にUNOをやろうと言われて、周りの子たちがみんな参加したので、一緒に遊んでしまったこともある。体育の時間に、鉄棒をするという指示に従わずに鬼ごっこを始めた子たちを見て、面白そうだなと、ちょっと羨ましく見ていた。だけど、それは、先生のことが嫌いだからそうしてしまったわけではなかった。先生に、何か厭なことをされたり言われたりしたわけではない。自分を直接攻撃してきたわけでもない人を嫌いになることなんて、できなかった。いつも、先生を悪く言う子のそばにいると、澪は後ろめたい気持ちになった。先生という一人の大人が徐々に壊れてゆく姿を直視しながら、笑って遊んでいられる同級生たちを、怖いと思った。それでも皆の側から離れることはできなかった。

今、沖田先生が、学級をきちんとまとめていることに、澪はほっとしている。

沖田先生の言うことをちゃんと聞いているクラスの子たちに、安心している。

反対派の児童を吊し上げるような司会のやり方にはがっかりしたけれど、そういうやり方も含めて、沖田先生の統率力はすごいと思っている。

前いた小学校を思い出すと、人間タワーを作れる学校にいるのに作らないというのは、もったいないことのような気もしてくる。前の学校の、あんなにばらばらな状態では、四段ピラミッドだって到底作れなかった。桜丘小なら、大きなタワーを作れるのかもしれない。あんなふうに、使命感を持ってタワーを作りたがっている子がいるんだから。

同じクラスの出畑や近藤といった子たちの、反対派を攻撃するときの澄んだ目。本当は少し怖かった。近藤も出畑も怖い子ではないけれど、信念を貫き通そうとする彼らの目は、前の学校で先生を虐《いじ》めたこどもたちにどこか通じる熱をはらんでいた。けど、彼らの使命感、みたいなものは、同時に尊い何かを含んでいて、それは自分にはないものだと澪は感じた。

だから、分からなくなった。

人間タワーをやることには反対だけど、やらないことが正しいとも思えない。

考えても考えても、やるべきかやらないほうがいいのか、澪には分からない。

ふいに、目の前に車が停まった。

ドアが開いて、同じ塾の佐藤杏子が降りてきた。

「安田さん？」

名前を呼ばれた澪は、ぼうっとしていたのを見られたかと思うと急に恥ずかしくなって、

「佐藤さん！」

と、大きな声を出して、杏子に向かって歩みよった。運転席の佐藤の母親がにっこりと微笑み軽く手を挙げて、そのまま車で去っていった。

「道路が渋滞しちゃって、大変だったんだよー」佐藤杏子が顔をしかめて言った。「今日の帰りの会、最悪だったよね。あんな長引いてさー。ま、おかげで合法的に漢字テスト受けなくて済んだけどね」

陽気な杏子のおしゃべりが、澪を現実に引き戻してゆく。

「うちのママ、わたしが帰った時『遅すぎる』ってめっちゃキレてたけど、さっき安田さんの姿を見て、機嫌が戻った。だからみんな遅刻なんだよって言ってやったし。ありがとね。安田さん、行こ行こ」

手を引っ張られ、澪も歩き出した。

ほうらね。心の中の澪が言う。やっぱり今日もわたし、塾に行くことになる。

「ね、ね。安田さん、人間タワーの希望、何段目にした?」

歩きながら杏子に訊かれた。

「真ん中へんの段にした」

澪は正直に告げた。

「へー、えらいね。安田さん、軽いから、真ん中へんでもきついんじゃない？　わたしだって真ん中より上にしちゃったよ。下のほう、最悪だし」

「そうだよね」

澪は杏子に同情した。杏子は、ほっそりしているけれど背が高いので、四段ピラミッドではいちばん下の土台役を受け持っている。今日の話し合いでも人間タワー反対に手を挙げていた。

「第二希望と第三希望は？」

澪が訊くと、

「書かなかったー」

杏子はそう言いながら、階段を一段飛ばしでのぼっていった。その背を追いながら、スマホで時間を確認した。三十分遅刻。

スマホをしまいながら、母から来ていたメッセージを思い出す。

――お手紙、学校の先生に出してくれたよね。

ずしんと心が重たくなった。

もしかしたら今日の夜、もう一度母に確認されるかもしれない。そうしたら、どう答えよう。澪が口ごもったとたん、母は学校に電話して確認するだろう。それだけは避けたい。絶対に。

いっそ、人間タワーはやらないことになったと母に言ってしまおうか。前の学校の先生のことだって、保護者会のことだって、母はいまだに知らないままでいる。心配性なわりに、母はいつも、表面的な情報で満足する。知らせないことで母を守れるという事に、十一歳の澪は、気づいている。

運動会の当日になってしまったら、母ももう文句は言えないはずだ。

そう思っていったん安心した後で、それとも、と澪は思いつく。それとも、人間タワーを別の何かに変えてはいけないのだろうか。始業式の日に沖田先生は、ふたつの小学校の『合併を象徴する何かを作ろう』と、二十数年前の六年生が提案したのが人間タワーだったと言っていた。それならば、別の何かを、今の何かを、六年生が提案してもいいのではないか。例えば、この間の練習で見たウェーブ。沖田先生は、こんなんじゃだめだと怒っていたけれど、隣の組が作り出すウェーブを対岸から眺めながら、澪はきれいだなと思った。あのウェーブを、もっと滑らかで、烈しい、そして平等な何かに発展させられはしないか。上もない、下もない、肉体や精神の辛さの差を比べ合うようなこともない。そんな何かに……。

「急ごう」

佐藤杏子に声をかけられ、澪は我に返る。

「うん」

今はだめだけど、でも、わたしはきっとこのことを考え続けるだろうと、澪は思った。

そして、佐藤杏子といっしょに自分の教室へ向かって、塾の階段を駆け上がっていった。

第五話　熱意と高慢

火曜の朝、始業時刻ぎりぎりのタイミングで桜丘小学校六年二組の担任、島倉優也《しまくらゆうや》のもとへ一本の電話がかかってきた。

一時間目の算数少人数クラス『ぐんぐん組』へ向かおうと、資料を整えていた島倉が電話に出ると、

「大津《おおつ》です」

かぼそい男児の声が聞こえてくる。

「おう、和也《かずや》か。どうした？」

かすかに不安を感じた。和也は島倉の受け持つクラスの児童だが、あまり目立つタイプではない。おとなしく、まじめだ。こんな時間にどうしたのだろう。

「あの、今日、俺、具合悪いんで……」

声がどんどん細ってゆく。

「お母さんは？」

と訊いてから、ああそうか、と思い直した。彼の両親は近隣の老人介護施設で共働きをしている。万年人手不足なので早朝や夜中に呼び出されることもあると聞いていた。もしかしたら和也は、親が出勤してから起床したのかもしれない。その場合、体調が悪くても登校時間ぎりぎりまでひとりで迷ってしまって、連絡がこの時刻になるということは十分考えられる。

「休むのか？」

時計を見ながら島倉は訊いた。あと一分で始業のチャイムが鳴る。教員たちのほとんどがすでに職員室を出ていった中、残っているのは電話で話している三組の松村志保子《まつむらしほこ》先生と自分だけだ。島倉のデスクの位置から、松村先生の表情は窺えないが、はい……はい……と、重たげなうなずきが断続的に聞こえてくる。

「……休んでもいいですか？」

大津が弱々しく問いかけた。

「そりゃ、体調が悪いんなら、仕方ないだろ。だけど、あれだ、一応、お母さんから学校に電話もらわないと、な」

焦りながらも明るい声で島倉は言った。大津が何かもごもごと喋っているがチャイムの音にかき消された。島倉は慌てて、早口になる。

「先生はこれから授業だけど、事務の人か副校長先生はいるから、学校に電話するようにお母さんに伝えといてくれるか。お母さんの職場の電話番号はわかるよな」

まだぎりぎりチャイムの響きが残っている。「それじゃ」と言って、島倉は電話を切った。松村先生の電話はまだ続いている。少し気になったが、島倉は急いで職員室を出た。

階段をかけのぼり、三階の北側の、かつての備品倉庫を改造して作ったミニ教室のドアを開ける。ここは桜丘小学校の中で最も狭い部屋だ。算数少人数クラス『ぐんぐん組』の教室である。

桜丘小学校六年生の算数少人数クラスのメンバーは、単元ごとに三週間に一回行われるテストの結果で入れかわる。今回の単元「線対称と点対称」のテストで、ここ『ぐんぐん組』を指定された児童は十六人。

普段のクラスと違って日直がいないので、名前順にリーダー役を回している。今日は三組の羽村流星《はむらりゅうせい》の番だった。

「きりぃーつ、きょうつけえ、れーい」

羽村のかったるそうな声を受けて皆がのろのろと立ち上がり、かたちばかりの挨拶をして、またのろのろと座った。

「なんだよ流星、元気ないな。朝からどうした？」

島倉は笑いながら一番前の席に座る羽村に声をかけた。

「だって朝から算数連続とかって、今日最悪だし」

羽村が言う。今日は運動会前週の特別時程が組まれ、朝の会を省略し、予鈴から一時間目が始まる。六年生は二時間目までぶっ通しで算数の授業だ。運動会の練習で授業が遅れがちになっていたのを取り戻すためである。

「『最悪』なんて言うなよ」

島倉が言うと、

「寝ていいですかー」

と言ってくる。

「いいわけないだろ」

「眠いっすよー昨日ゲームで徹夜して」

羽村が机につっぷしたまま顔だけ上げて、少し甘えた声になる。

「なんのゲームだよ、徹夜するほど流星がはまったのは」

「『ヘンリージャクソンの超未来Ⅲ』」

「知らないな。ドラクエなら先生もはまったことあるけど」

「え、ヘンリージャクソン知らないの。先生ダサ」

ななめうしろの席から、別の男児が口を挟む。一組のお調子者、出畑好喜《でばたよしき》だ。

「ダサかないよ、大人はゲームなんかやらないんだよ」

「うちの親、二人ともやるよ」

出畑が言うと、

「だよな、だよな」

羽村がこどもっぽく笑い、うちの親もやってる、と他の児童も口を出してくる。

前髪のひと筋を金色に染め、後頭部は刈り上げも入っている羽村を初めて見た時、この小学校には珍しいタイプだなと思った。声をかけたり注意したりすると鋭い眼で睨みつけてくるという話をたびたび聞いていたので、『ぐんぐん組』で受け持つことになった当初は若干不安もあった。だが初日、羽村と目が合った瞬間に、「かっこいいな、その髪。どうやって染めたんだ?」と訊いてみたら、「えー親にやられた」羽村はこどもっぽく照れた目をして返してきた。目つきが悪いのは、ゲームのやりすぎで視力が下がっているのに眼鏡を買ってもらえないからだと後から知った。

「それ、どんなゲームだよ?」

こどもたちのノリの良さがうれしくて、もう少し話を続けたくなる。

「説明すんの面倒」

羽村は渋るが、出畑が口を挟んでくる。

「ヘンリーたちが宇宙開発をして、星を見つけるんだけど、その星は選べなくて、でも地下天空にマイリン素粒子があって……」

「そうそう。途中からワープもできるようになってる」

「おまえ、もうワープしたの！　すっげえ！」

羽村と出畑の話が盛り上がってきたところで「面白そうだな」といったん興味を持ったふりをしてから、「けど、徹夜はだめだ。徹夜してると背ェ伸びなくなるぞ」わざと厳しい顔をして言うと、

「大丈夫っすよ、うちのお父さんこどものころから徹夜ばっかりしてたけど、もう先生より背ェ高いし余裕」

と、まぜっかえしてくる。

「お父ちゃんはそうかもしれないけど、おまえは分かんないぞ」

「分かりますってー」

羽村のすました言い方に、クラスはどっと笑いに包まれた。島倉は楽しくなる。教師という職業は自分に向いていると、こういう時、思う。このくらいの人数だとさらにいい。教える人間と児童たちの距離が近い。少人数の『ぐんぐん組』を受け持つことが、島倉は好きだった。

「さあ、始めるぞ。教科書の十八頁、開いて。よーし、流星、章のタイトルを読んでみ

びかけている。

島倉は基本的に女子の苗字を呼び捨てにし、さらに男子は名前を呼び捨てにして、呼

「よし。じゃあ、その下の扉の文章を、正岡《まさおか》、読んで」

「ええと、『線対称と点対称を理解しよう』」

ろ」

桜丘小では、教員は児童を男女ともに「さん」付けで呼ぶよう推奨されている。教師が彼らの名前を大切に扱うことで、児童は自分たちの名前に誇りを持つ。友達を呼び捨てにしたり、あだ名をつけたりもしなくなるというのだ。

たしかにその考え方にも一理あるとは思うが、高学年の男子に「さん」付けは白々しくないか？　かえって距離を生んでしまうと島倉は考える。肝心なのは、差をつけないことだ。苗字を呼び捨てにすると決めたら、徹底的に全員を同じように呼ぶのだ。誰にも「ちゃん」だの「さん」だのつけないし、女子はだれのことも名前で呼ばない。差さえつけなければ、「そういう先生」として、皆が納得してくれる。

今のところ保護者からのクレームはない。もしかしたら、学年主任の珠愛月《じゆえる》先生はこんな島倉のやり方を眉をひそめて見ているかもしれないが、クラスをうまくまとめている以上文句はつけられまいと思う。

「よーし、次に好喜、博士の質問を続けて読んで」

「え？　俺？」

「俺だよ、俺」

「なんで俺ですかー」

「なんで俺ですかー」島倉は出畑の口ぶりを真似してから、「先生に言い返さない。読めといったら読む」

「ひえー。はいはいじゃあ読みますよ。『線対称な図形についてのおさらいです。下の図1の図形の中で、ある直線を折り目としたとき、そこを折ると両側の図形がぴったりと重なるのを確かめましょう。そして、対称の軸をかき入れましょう』」

「博士はそんなに早口じゃないぞ」

「いやー、こんなもんですよ」

皆がまた笑う。島倉は出畑の明るさが好きだった。出畑も島倉には心を許していると見え、こんなふうに言葉でじゃれあうのもしばしばだ。その様子に他のこどもたちが面白そうにちゃちゃを入れてくるのも楽しい。

「じゃあ、耕介《こうすけ》。下の図1の、これは何だ？　矢印か？」

「……弓矢、ですか？」

「弓矢かぁ。たしかに、そうも見えなくないが、ちょっと太くないか？　まあいいや、耕介が弓矢って言うんなら弓矢だな」

黒板に「弓矢」と書いてから、

「よーし、みんなノート開けー。誰が一番はやくこの弓矢をノートにそっくりに描けるか、競争だ！　定規忘れた奴いないよなー？」

島倉は、算数少人数クラスの『ぐんぐん組』を受け持つ時は、ことさら愉快にやろうと決めている。身振り手振りで大きく表現しながら、全員の気持ちをしっかり算数に引きつけたい。

桜丘小学校は算数の授業を習熟度別にクラス分けしている。六年生は一組から三組までの全児童を四クラスに振り分けている。

クラスの名称は、数年前まで『エベレスト組』『富士山組』『高尾山組』『分度器山組』だったが、今は『のびのび組』『どんどん組』『すいすい組』『ぐんぐん組』である。いつかの学校公開後のアンケートで「こどもたちの間に優劣の意識を生み、差別を助長するクラス名ではないか」という指摘が、ほとんど同じ文面で、五枚ほど来た。匿名だったが、おそらくは保護者の一グループが示し合わせて書いたものだろう。だが、学校側は話が大きくなる前にさっさと名称を変えたのだった。

研究会で島倉が他校の教員たちにこの話をすると、ある教員が、

「うちなんか『A組』『B組』『C組』……という名称にしていてもクレームが来ましたよ」

と言った。PTAの会合で、役員の一人が、明らかに「C」より「A」のほうが上って分かっちゃうじゃないですか、と発言したそうだ。しかし、だからといって今度は「C組」「B組」「A組」と、逆の順に名前をつけると、そうしたアルファベットの逆並びでのコース名は某進学塾と同じだという指摘もあり、結局その学校は『りんご組』『ぶどう組』『いちご組』と果物の名称にすることで丸くおさめたという。

「おかしな話があってですね、保護者のクレームを真に受けたうちの校長、ちょっと神経質になってしまって。最初は『みかん組』だったんですが、『蜜柑と苺だと、苺のほうが高級だって思われないだろうか』って。それで発表直前に『みかん組』を『ぶどう組』に変えたんですよ、葡萄《ぶどう》なら、デラウェアから巨峰まで、いろいろですから」

教員一同、大笑いした。

だが、考えてみれば桜丘小も似たようなものだ。『のびのび』だとか『どんどん』だとかポジティブな言い回しを適当に四つ考えて、四つのクラスにランダムに割り振ることで、だれからも文句を言われないように気をつけている。

そして、こんなふうに大人たちが気を配り、朗らかに本質を覆い隠そうとしてやっても、読み取る児童はいる。

たとえば六年一組の青木《あおき》栄太郎《えいたろう》。学校きっての秀才児だ。

算数少人数クラスは、担任三人以外に非常勤講師をひとり招いて、四人の教員が回り持ちで担当しているが、青木は五年生のときに、非常勤講師の伴坂《ともさか》先生に次に受け持つ予定のクラスを聞きだし、そのクラスに入れるように自分の点数を「調整」した。

「満点取れば『のびのび』だろ、『どんどん』は一問か二問のケアレスミス、『すいすい』は最後の問題をまるまる解かなければはいれるし、『ぐんぐん』は『自己申告』すれば誰でも行ける」

と、給食の時間に班の中で得意げに話していた青木を、呼び出して叱ったのは当時担任だった高梨篤郎《たかなしあつろう》先生だ。

青木はまったく悪びれず、

「だって、どのクラスに入っても同じことだし、だったら伴坂先生が一番宿題が少ないから」

と言ったという。

高梨先生はキレ気味に青木を問題児扱いし、最後は泣いて謝らせていたが、島倉は、あっさり本音を吐露する青木のこどもっぽさと同じくらい、そんな青木に対して、まるで教師としてのプライドを踏みにじられたとばかりに怒り狂っている高梨先生の大人げのなさを、可笑しく感じた。

結局、公立小学校の教育はダブルスタンダードでいくしかないということだと島倉は思う。

「算数習熟度別・少人数指導」という立派な名称がついているが、桜丘小で本当に効果が出せる少人数体制を取れているのは『ぐんぐん組』だけ。他の三クラスは、まずもって、少人数ですらない。ふだんの学級の人数から五、六人ずつ減らしたくらいだから、ぱっと見た感じ、『のびのび組』『どんどん組』『すいすい組』の教室の様相は、平素の教室とさほど変わりはなく、「これで少人数?」と、学校公開の日に初めて訪れた保護者たちに首を傾げられる。

少人数の『ぐんぐん組』は、言ってしまえば算数の落ちこぼれ組だ。表向き、そうではないとするために、細心の注意が払われているだけで、皆だいたいわかっている。クラス分けテストのプリントには、解答欄以外に自己申告欄があって、「算数だけはゆっくり勉強したい」に丸をすることもできるようになっている。だから、点数は良いけれども自分の希望でゆっくり勉強したいから『ぐんぐん組』に来ている子もいるのだ、というふうになっている。保護者会でもそう説明しているし、こどもたちにも折にふれてそう話している。だけど実際は、六年生になってからは「自己申告」はほとんど加味されず、『ぐんぐん組』だけは、『ぐんぐん組』に入るべき子を入れている。

つまり、少人数クラス制度の大きな目的は『ぐんぐん組』の底上げなのだ。

だからこそ、島倉はこのクラスの担任を願い出た。

大げさかもしれないが、『ぐんぐん組』の算数は、彼らの人生の境目だと思っている。

落ちこぼれといったって、まだ、たかだか小学生だ。なんとでもキャッチアップしてやれる。

だけど、もしここで大人たちに手を抜かれれば、その子たちはどうなるだろう。中学に進んだ時、代数のしょっぱなで躓《つまず》く。幾何はちんぷんかんぷんだ。勉強したって無駄、どうせ分からない、俺はわたしは頭が悪いから。そう思うに決まっている。『のびの び』だとか『ぐんぐん』だとか、名称をいじって覆い隠そうとしたものを、中学校の定期テストや、その先にある高校入試は、容赦なく暴き出す。その時、彼らがやさぐれて、自分を無能だと感じたならば、それは大人たちの責任ではないか。今、いろんなことを隠すのはいい。だけど、隠しながらも時間は流れる。それを忘れてはいけない。流れているのは、彼らの人生の土台を作っている時間なのだ。土台をこそ強靱なものにしてやれば、中学以降の積み重ねは何とでもなる。小学校の教員は、隠せる今に、甘えていてはいけない。

『ぐんぐん組』の教壇に立つ時、だから島倉は、彼らの将来を握っている気すらして、普段より気合いが入る。

しかし、

「先生〜。けど今日って算数どころじゃないんじゃないっすか」

と言ってくる子がいる。また、出畑だ。

黒板用の大型の定規で図形を描いていた島倉は、動きを止めて、ふりむいた。

「なんだ、好喜。算数どころじゃないだと？　偉そうだな、おまえ。算数どころじゃなく、何なんだよ」

「だから組体操ですよー、組体操。人間タワー、このままで、ちゃんとできるんですか～？」

出畑が言う。

「そんなの、おまえが心配することじゃないだろ。おまえが心配すべきは、次のテストだろうが？」

島倉が言うと、皆がどっと笑う。だけど、出畑は笑わない。

「先生は人間タワー賛成派ですよね？」

と訊いてきた。

「ああ？」

島倉は返事に詰まる。

「先生だって、タワーを作りたいでしょ」

「先生には、賛成も反対もないんだよ」

「ええー？　そうなんですか？」

「人間タワー、作るのはみんなだろ？」

「そりゃそうですけど、先生だって、やらせたいでしょ」

「みんなで決めることになっただろ。三、四時間目の話し合いで」

ふと見ると、教室の中で羽村ひとりが俯《うつむ》いている。皆が顔を上げている中で、背を丸めた羽村の姿が目立った。そういえば羽村は昨日、タワーをやりたくない、という側に手を挙げていた。出畑もそのことを思い出したようで、

「そういえば、流やんは反対派だったよなー。なんでだよう？」

と声をかけた。すると羽村は、

「反対派っていうか……うるせえんだよ、うちは親父が」

「なにそれ」

「一番上になれって、去年からうるせえんだよ」

「おまえ、一番上とか絶対無理じゃん、でかいんだから」

「そうだけど、うるせえんだよ、やるからにはてっぺん取れって。なれないと殴られるし」

「ひってえ。むちゃくちゃだ」

出畑がげらげら笑う。そういう反対派もいるのかと島倉も苦笑いしながら、

「好喜も流星も、今はそんなことより、次のテストでちゃんと上のクラスにあがれるように……」

はっとした。

上も下も、ないことになっているのだった。表向きは。

「とにかく、ちゃんと線対称と点対称を理解しないと、次はもっと難しくなるぞ」

誰からも突っ込みが入らなかったので、島倉はほっとした。青木がいたら、にやっと薄く笑ってこちらを見てきそうだが、『ぐんぐん組』の子たちはこういう鈍さも含めて可愛い。

とはいえ島倉は、小学校時代の自分は青木タイプだったと思い出す。中学受験に備えて早くから進学塾に通っていたから、小学校の授業内容は楽勝で、退屈だった。

島倉は、『のびのび組』のテキストは私立中学校の入試問題にしたらどうかと提案したことがある。歯ごたえのある問題を解かせることで、進学塾に通っているような子たちも小学校の授業に真剣に向き合う。自分の経験からもそう思ったし、指導に自信はあった。大学の数学科で学んだのちに教育心理学の大学院にまで行った島倉は、大学生のころ進学塾でアルバイトをし、人気講師として、学生ながら昇給した実績を持つ。「ゆとり世代」とレッテルを貼られがちだが、学歴も指導力も高梨先生あたりには負けないとひそかに思っている。同じ大学から小学校の教員になった同級生はほとんどいないが、島倉は熱望して教職に就いた。学生のころからこどもたちに勉強を教えることが楽しくて仕方なかったし、県庁勤めの公務員である父親から公務員になることのメリット——

信用とか安定とか引退後の保障とか――をくどくどと聞かされていたこともあった。意気込んで教員採用試験を受けたが、不採用が続き、算数専任講師としていくつかの小学校を掛け持ちしてきた浪人期間もあった。ようやく正規採用されて桜丘小に配属された時は本当に嬉しかった。高梨先生のように、オレは本当は建築士になりたかったんだよなどと酒の席でこぼしつつ、中学受験のための進学塾に通う子たちを『計算高いガリ勉たち』とひとくくりにして敵視するような、時代錯誤な教員とは違う視点でこどもたちを導くことができる。今の公立小学校に必要なのは俺みたいな教師じゃないかと島倉は思う。もちろん、そんなことを口に出したりはしないが。

『のびのび組』のために進学塾のテキストや私立中学校の入試問題を取り寄せた島倉だったが、授業に入試問題を使用する案は、最終的に珠愛月先生に却下された。『のびのび組』こそ、児童間の学力差が大きいため、難解な入試問題に全員が対応できるわけではない。また、『のびのび組』の全員が中学受験をするわけでもない。上位の子に合わせた授業には、メリットとデメリットがある。わざわざ指導範囲を逸脱した問題を提示してまで、デメリットのある授業をする必要はない。

珠愛月先生はただ却下するだけでなく、その理由を丁寧に説明してくれた。だから島倉も納得した。

結局、レベル別に分けて、その真価をきちんと得られるのは『ぐんぐん組』だけなのだろう。

　だが、肝心の『ぐんぐん組』の教室は、図を描き上げた子たちがすぐに騒ぎ出し、猿山のようになってしまう。さきほどの出畑の発言を受けて、みな、タワーのことを話している。タワーのどのポジションを担うかで、負荷が変わってくるから、それぞれの受け止め方も違ってくるのは仕方がない。

　タワーに関するこどもたちの意見を聞くのは案外に愉しい。賛成派だの反対派だの、こんなふうに意見が割れること自体が面白いことだと島倉は思う。まさにこれが現場だ。教育心理学のどんな授業よりも興味深いケーススタディが目の前で展開している。生身のこどもたちの願望や不安や躊躇や怒りがぐるぐると絡まりあい、膨れ上がる。彼らの感情の糸を一本ずつ解きほぐし、皆が納得のいくかたちにつなぎあわせることが教員の仕事だと思うが、こと話が桜丘タワーになってくると、難しそうだ。

　そもそも桜丘小に配属された時から島倉は、桜丘小関係者の人間タワーに対する義務感と情熱に、気圧《けお》されてきた。「ふたつの小学校がひとつにまとまってゆくことの象徴」という重たい意味をこめてしまったせいか、毎年これを続けることへの、奇妙な自尊心と愛着を持っている人間が多いように思う。保護者の中にも、「ついにタワーの学年ですね」などと嬉しそうに言ってくる者が少なくない。近隣の住民たちにも評判がよいようで、桜丘タワーを見るために、わざわざ帰省してくる卒業生もいると聞いた。騒音で文句を言われたりすることを思えば、有り難い話なのだ。

そうした熱を受け止めて、学年主任の珠愛月先生も、日々厳しい顔つきへと変わってきている。平気な顔で主要科目の授業数を削り、組体操の準備へ時程をどんどん組み替えてしまう。普段は公平でしっかりした人なのだが、ことタワーに関しては反対意見には耳をかさなそうな頑固さがあるようだ。

そんな珠愛月先生が、「伝統」だとか「絆」といった言葉をちりばめつつ人間タワーについて語るとき、島倉は昔テレビで見たスペインの「人間の塔」を思い出す。百人以上ものチームがそれぞれ人間だけで高い塔をつくり、高さや完成度を競う有名な大会だ。二百年以上やっているというから、それこそ「伝統」だ。「無形文化遺産」にも記載されているそうだ。

島倉は、「人間の塔」をテレビで見たとき、心のどこかがぞわぞわしたのを覚えている。テレビ番組のレポーターは「すごい！　すごい！」と連発していた。下の群衆は、興奮しながらタワーのてっぺんに立つこどもを見上げていた。てっぺんのこどもも、土台から支えて立つおとなたちも、皆、命綱なしだった。誰か一人がぐらついたら、どうなるのだろう。危険と隣り合わせの興奮は、身を切るような熱を孕《はら》む。あんなに恐ろしいものを「無形文化遺産」として次の世代に伝えようとするなんて狂気じみていると島倉は思った。濃度こそ違えど、同じ狂気の片鱗を桜丘タワーにも感じると言ったら、怒られてしまうだろうか。

珠愛月先生は今朝、「明日の五、六時間目も組体操の準備にする心構えでおりましょう」と、言った。

いやいや、それはないでしょう。島倉は呆れた。明日は一、二時間目が組体操の準備になっている。さらに五、六時間目を潰すのか。算数ですよ、算数。明日の五時間目は算数ですよ。このままじゃ、『ぐんぐん組』、まずいですから。

授業は残り一時間。今は、タワーのことはひとまず忘れ、できる限りのことをしよう。今日中に彼らが教科書の中の線対称な図形をすべて選べるように、徹底的に叩き込もう。ここにいるこどもたちの、誰一人取りこぼすまい。島倉は気を引き締める。

教室をまわり、全員のノートすべてにきちんと図が描けていることを確認してから、「じゃあ、この弓矢に、折り曲げればぴったりと重なる線をひいていくぞ！」

いっそう大きな声で呼びかけた。

一、二時間目通しで『ぐんぐん組』を教え切ってから、職員室に戻ると、六年生のデスクまわりで珠愛月先生と松村先生が浮かない顔で話し合っていた。
「どうしたんですか」

教材を抱えたまま島倉が訊くと、

「昨日、こどもたちに希望を出してもらったんですけどね」

珠愛月先生がアンケート用紙の束を手に振り向いて言う。

「結局、一番下の土台に希望を出した子が、うちの組ではふたり。たったのふたりですよ」

「まさか、好喜と近藤《こんどう》?」

「そのとおり」

「いやー、あのふたりじゃ無理でしょう」

出畑は小柄だし、近藤蝶《あげは》も華奢《きやしや》だ。土台を支えられるはずがない。

「だから困ってるんですよ。いくら希望されたって、あの二人を土台にするわけにはいかない。ああ、こんなんじゃ、希望なんて聞くんじゃなかった」

「まあ、でも、昨日はそういう流れになっちゃってましたからね……」

「すみません」

皆の意見を聞くように提案した松村先生が小さな声で謝る。

そういえば昨日の夕刻に、近藤蝶の母から前島《まえじま》校長へ、桜丘タワーを中止しないでほしいという電話があったそうだ。PTAの役員は全員そう願っているということだが、近藤蝶の母が取り仕切っているPTAでは異論が出にくいというのもあるかもしれない。

それにしても、あの家は母子で首尾一貫している。

「二組はどんな感じですか」

松村先生に訊かれ、

「うちは、まあ、絶対にやりたくないって言う子もそんなにいなかったんで、わりとすんなり、まあ、やるなら頑張ろうって感じになってますけどね」

島倉は返事を濁した。昨日、一組と三組が人間タワーについて話し合いをしているのを尻目に、島倉は帰りの会を切り上げていた。六時から教育部会とは名ばかりの教師たちの親睦会があり、ひと足先に退室して参加した。タワー反対に手を挙げていた子も数人いたけれど、それほど強く意見を言うタイプではなかったので、放っておいてもいいだろうと判断した。一組、三組に比較すると、二組はおとなしい子が多い。

「いいですね……二組は」

松村先生がちいさくため息をついた。いつになく暗い表情で、うつむいている。

そういえば今朝、松村先生はミーティングの途中で電話で呼ばれ、そのあと延々と、始業時間を過ぎてもまだ誰かと話していた。もしや、人間タワーに関することだろうか。

訊いていいものか少しためらっていると、松村先生から話し出した。

「三組は昨日の放課後、こどもたちの話し合いで、ポジションを決める基準は背の順より体重順のほうが公平ではないかって言いだした子がいたんです」

「久本《ひさもと》さんね」

すでに話を聞いていたらしい珠愛月先生が口を挟む。久本音符《らら》は背高のっぽの痩せっぽちだ。

「それで、多数決をとったら、賛成のほうが多かったので、体重順でポジションを決めることになったんです。学級全体で決めたことだからと、わたしは口出しせずに見守ってしまって……。担当する段を体重順に仮決定して、そのまま昨日、解散したのですが、少し考えなしだったのかもしれません」

今朝の電話は、ある保護者からのものだった。――皆の前で体重を公開されてしまい、娘が泣きながら帰宅した。身長は目に見える差だから公《おおやけ》のものだが、体重の情報はこどもといえどもプライバシーではなかろうか。背の高い子よりも体重が重いことを帰りの道中でからかわれ、ひどく傷ついた。ダイエットすると言って、夕ご飯をほとんど食べなかったというのだ。

「ダイエット」

つい島倉は苦笑してしまった。まずい、と思って口元を引き締める。珠愛月先生は硬い顔つきで、聞こえていないふりをした。松村先生が、

「その子、たしかに見た目は小さいのに体重が意外とあるタイプで、二段目に仮決定していたんですよ。そうしたらお母さま、その位置だったら組体操を棄権するとおっしゃって……」

深刻そうに打ち明ける。

「棄権？　まじですか」

「万が一、タワーが潰れてしまった時に、その位置だとケガをする可能性が高いから、と。上から三段目くらいじゃないと出たくないそうです」

「勝手なことを……」

珠愛月先生が吐き捨てるように言った。

「みんな、なんだかんだ言って一番下を厭がるわけね。義務感や責任感はないのね」

「まあ、重たいし、痛いですからね。でも、上を厭がる子もいますよ。うちの組で最初手を挙げた子の一人は、上にのぼるのが怖いっていう理由でしたし」

「そりゃそうよ。上から落ちたってケガをするし、下が痛くて大変なのと同じくらい、上だって怖くて危険。でもねえ、そんなの、みんなが少しずつ我慢を分け合わなきゃならないものなのだから、そこを分かってもらわないと」

珠愛月先生が呟きながら腕をくむ。松村先生が途方に暮れた顔で、

「どうしましょう。このままだと、どんなに話し合っても、全員が納得できるポジションなんて、見つからなくなってしまいますね」

「民主主義なんてそんなもんですよ」

そう言うと、珠愛月先生が、

「島倉先生は他人事みたいですね」

と真顔で言った。

「いや、そんなことありませんよ」

ひやっとした島倉は、慌てて口元を引き締める。

珠愛月先生は、厳しい表情のまま、

「わかりました」

ぴしゃりと叩きつけるように言った。

「松村先生、島倉先生。わたし、準備したいものがありますので、すみませんが、先に体育館に行って、こどもたちに組体操、できるところまで通しで練習させておいてもらえますか」

なにか考えを見つけた珠愛月先生の姿に、松村先生はほっとしたように頷いた。

「お願いします」

珠愛月先生が頭をさげた。その頭頂部に数本、白髪がまとまって生えている。見てはいけないものを見てしまった気がして島倉は目をそらした。

体育館に集まった児童たちに声をかけて学級ごとに整列させ、簡単な準備体操をさせた。

終えてから、松村先生がメガホンを手に皆に声をかける。

「運動会まであと五日ですね。ここからさらに気合いを入れて、しっかり練習していきましょう。沖田《おきた》先生はご用事を済ませてからいらっしゃいますので、まず、組体操の前半を、片手バランスから飛行機まで、通しでやってみましょう。では、広がってください」

松村先生はメガホンを島倉に託し、いつも珠愛月先生が持っているタンバリンのように手に持てる小型の太鼓に持ち替えると、バチで打ち鳴らした。本番は大きな和太鼓で音頭をとる予定だが、小型の太鼓の音でも広い体育館に大きく響く。

小柄で眼鏡の松村先生はどこにでもいる平凡なおばさん風情なのだが、こうして舞台に立つと、長い教員生活がその体から威厳となって滲み出る。太鼓の音に従って、児童たちは素直に動く。一斉に動いて隊形をつくり、片手で半身を支える「片手バランス」をした。それから、また太鼓を聞いて、背中をそり返らせる「ブリッジ」へ。百人以上の児童がいっせいにそり返る様は圧巻の眺めだ。それほど簡単な姿勢ではないので出来ない子が何人かいてもおかしくないだろうに、桜丘小の六年生は全員、完璧にこれをやる。組体操を見越して五年生の担任が去年の秋から鍛えてきたのだ。

次の太鼓でこどもたちは「ブリッジ」を終えた。今度は尻を地面につけて、「V字バランス」だ。足をあげ、身体を曲げ、Vの字を作ってぴたりと静止する。学年でいちばん体の大きな比良岡《ひらおか》耕介がまるっこい足を突き出して、顔を赤くし必死に姿勢を止めている様に、島倉はつい微笑みが浮かんでしまう。持っているメガホンを大音量にして、がんばれ、がんばれ、と声をかけたくなる。そして、そういう熱い衝動を感じる時、島倉は自分が教師に向いていると実感し、教師でいられることをうれしく思うのだった。

次の太鼓で二人組の隊形へと移動し、友人どうしで補助しあっての逆立ちである。これも決して簡単ではないが、できない児童はいない。体育館の壁を相手に一学期の頭から何度となく練習を繰り返してきた。

それから児童たちは「箱」「サボテン」と名のつけられた技を行い、三人組の隊形へと動いてゆく。「三人ピラミッド」、「三人タワー」そして「三人飛行機」。見応えのある技が増えてゆく。

特に、「三人飛行機」は、組体操らしいアクロバティックな演目だ。ふたりの児童が前後に並んで、ひとりの児童を飛行機のように持ち上げる。持ち上げられた児童は前列の児童の肩に手をやり、後列の児童に足を支えてもらう形だ。

このあたりから全体の流れに乱れが生じてくる。動きが遅れる子、もたつく子。全体的にはよくできているので、それはかすかな罅《ひび》のようなものだが、前半の一糸乱れぬ動きを見てしまった目は、児童の一部が作るわずかなまごつきを見逃さない。

「飛行機は、前の子が手をピッと横に伸ばさないと、きれいな形に見えませんよー」

松村先生も鋳を感じていたようで、そこまで何も言わなかったのに、初めて注意をした。

それでも何とか一斉に「三人飛行機」を揃えて、五人組の隊形へと移る。「扇」「五人ピラミッド」。完璧とはいえないが、形にはなっている。そこでいったん練習を中断した。

「はい。皆さん、いいですか。前半は皆さんすごく上手だったんですけど、やっぱり三人飛行機のあたりからかな、太鼓の音に遅れる子がいるようです。最初のドンッで、支えの子は素早く座ってくださいね。次のドンッの時には飛行機になる子が肩に手をつけるように」

松村先生も、やはり、「三人飛行機」から乱れてくると感じていたようだ。五人技の「扇」は、きちんとやろうとすると見た目以上に難しい。「五人ピラミッド」も同じだ。やればできるという思いが児童たちの動きを甘えさせている。

それにしても珠愛月先生がまだ来ない。いったい何をしているのだろう。この後、残っている演目は、クラス別の「大型ピラミッド」と学年全体で作る「ウェーブ」だ。ここまでは、前回までに一通り完成させている。そして最後に、まだポジションの定まっていない「桜丘タワー」が待っている。しかし、「ウェーブ」はともかく、「大型ピラミッド」もそれなりに怖さのある種目だ。責任者である珠愛月先生の目のないところでは

やりたくない。松村先生も同じように考えているのか、「大型ピラミッド」へは進まなかった。かわりに、

「もう一度、三人組の技を確認してみます。三人組の隊形へ、戻れ」

と呼びかけている。きっと、珠愛月先生の到着が遅いのを気にしているのだろうが、さすがはベテランの松村先生だ。児童たちには何も気取らせず、演技の復習をさせようとしている。呼びかけに応じて、こどもたちは素直に三人組の隊形へと戻ってゆく。

松村先生が「三人飛行機」の太鼓を一発鳴らしたところに、珠愛月先生が現れた。走ってきたようで、息を切らしていた。小脇にプリントの束を抱えている。

三人組の隊形に戻っていた児童たちも、珠愛月先生に気づいてざわつき、一気に集中力を失った。

「元の隊形に、戻って！ 急いで戻って！」

珠愛月先生が両手を振って、メガホンを使わずに地声を張り上げた。今にも飛行機を作ろうとしていた子の中にはきょとんとした顔つきできょろきょろしている子もいたが、ひとまず珠愛月先生の勢いに引っ張られるように、皆がもとの、こぢんまりとした隊形に集まり、体育座りをした。

珠愛月先生はまだ少し肩で息をしながらも、持ってきた紙束を、前列からざくざくすごい勢いで配っていく。時間がないからか、「すぐに後ろに回して！」と荒っぽく声を

かける。

　プリントは、島倉にも渡された。

　そこには、児童の文字と思われる文章が印刷されていた。

「誰か、傍線をつけたところを大きな声で読んでくれる人、いるー？」

　珠愛月先生が声をかけると、

「はい！」

　すかさず出畑好喜が手を挙げる。他に誰もいなかったので、出畑が指され、一節を読み上げた。勢いよく手を挙げたわりに、出畑の声は小さく、ところどころつかえた。珠愛月先生は途中でとなりの安田澪《やすだみお》を指して読み手を替える。安田澪が立ち上がり、澄んだ、はっきりした声で続きを読む。

「『先生が「下だけがつらいんじゃない！　上に乗る子は高くてこわいんだ！　上の子は下のみんなを信らいしているから登るんだ！　その信らいこそが桜丘タワーだ！」と言いました。ぼくはその言葉を聞いて決めました。がんばって絶対にタワーを作ろうと……』」

　島倉も安田が読み上げる文章を目で追った。

　――先生が「下だけがつらいんじゃない！　上に乗る子は高くてこわいんだ！　上の

子は下のみんなを信らいしているから登るんだ！　その信らいこそが桜丘タワーだ！」と言いました。ぼくはその言葉を聞いて決めました。がんばって絶対にタワーを作ろうと思いました。……

──たしかに足は痛いしうでも痛かった。もうやめたいと思った。だけどみんなで一つのものを作るためにはみんなが少しずつがまんしなければならない。今のぼくたちはめぐまれていて、がまんすることをあまりしない。食べ物にも困らない。がまんをすることは大変だが、がまんをした後で大きな喜びを味わうことができる。がまんをしたおかげで、桜丘タワーが完成した時、ぼくはやったー！　と心から思えた。……

──私たちは六年生になり、すごいタワーを作ることができました。それは桜丘小学校の伝統の桜丘タワーです。私は中段で友達の上に乗っていて、私の上にも友達が乗ったので、「がんばろう」「あともう少し」と声をかけあいました。タワーが完成すると私はその友達といっしょに泣きました。桜丘タワーが与えてくれたきずなと感動を、私たちは一生忘れることがないと思います。……

いつの間に探し出したのだろう。これは、卒業文集だ。しかも、去年や一昨年のものではない。同じ年のものばかりでもない。これまでの何年分もの卒業文集の中で、桜丘タワーについて書かれたものを選び出し、しかも桜丘タワーについて特に熱く書かれた部分を抜粋して、傍線を引いて並べている。

これだけの短時間にどうしてこんなに沢山見つけられたのだろうと思ってから、島倉ははっとする。昨日や今日、見つけ出したわけではないのだ。珠愛月先生は、ずっと前からこうした卒業文集をそばに置いていた。そうして、桜丘タワーに関する児童たちの言葉を大事に辿り、自分の中に、常に響かせてきたのだ。

そこまでして、人間タワーを実現させたいのか。

島倉は彼女の熱意と強引さに、たじろいでしまう。同じ教員として、それがどこから来るのか知りたくなる。

心のどこかでずっと珠愛月先生を疑っていた。上司や、教育委員会といった、上を見ている人なんじゃないかと思っていた。桜丘タワーを成功させることも、ひとつの実績として、とらえているのではないかと。

なぜなら島倉自身が、ひそかに桜丘タワーを惰性の産物と思っているからだ。ずいぶん前から続いていたものを、自分たちの代で終わらせる勇気はないというだけの。大きなタワーが立ち上がれば、観衆は当然熱狂する。感動、勇気、絆、思い出。そんな言葉が飛び交う。あちこちからかけられる賞賛の声。今年も何とかクリアできたという安堵。そんなふうにして一学年ずつやり過ごしてきたのではないか。

「これは、皆さんの先輩方が書いたものです」

ようやく息を整えた珠愛月先生が皆に呼びかけている。

「すごいでしょう、皆さんの先輩たちは。最初は皆さんと同じで、桜丘タワーを作るのが不安で、怖くて、痛いなあとか重たいなあとか思っていたんです。それでも頑張ってやり遂げた。最後の子はこう言ってるよね。桜丘タワーが与えてくれた絆と感動を、私たちは一生忘れることがないって。その絆と感動は、簡単にできるものや、苦労のいらないものからは、生まれなかったと思いませんか」

しかし珠愛月先生は違うのかもしれない。実績のためでも惰性に従っているのでもなく、ピュアな信念に突き動かされているのではないか。信念が何かを強いる時、美しい渦巻きが異なる意見をのみ込んでゆく。「人間の塔」の熱狂の映像を思い出した。

「それでね、皆さん。タワーのポジションについてですが、昨日皆さんは、それぞれ学級ごとに、話し合って、決め方を考えてくれましたね。でも、やっぱり先生は、これまで桜丘小学校の先輩方が、ずっと背の順で決めてきたのだから、皆さんもそれに倣って背の順でポジションを決めるのが、伝統的なやり方だし、公平で、一番いいんじゃないかと思います。これまでの先輩たちもそうやってきて、それで、こんなに大きな感動を得られたのだから」

拍手が起こる。と同時に、あちこちでひそひそと話しだすこどもがいる。

「ひとまず、学年全体で背の順になって並びましょう」

珠愛月先生はそう言ったが、児童たちのざわつきはおさまらない。拍手は決して全員ではなかった。それはすぐにまばらな音になり、ざわめきの中に溶けてしまう。良くないぞ、と島倉は思う。このままでは良くない。残り時間は四十分。四時間目のうちになんとかポジションを決めてしまいたくて、珠愛月先生は焦っている。大きな何かに取り組むとき、焦りこそが一番の敵だ。そんなことくらい、ベテランの珠愛月先生ともなれば十分にわかっているはずなのに、どうして大人の焦りを、こんなにわかりやすく、こどもたちに見せてしまうのだ。

思ったとおりだ。一組の後ろのほうから「はい」と声がして、手が挙がる。

「なんですか、青木さん」

呼ばれて、青木が立ち上がる。この顔は、何か言ってくるぞ。島倉は身構えた。

「昨日の話し合いは何だったんですか」

やはり、思惑は気づかれる。

「なんで僕たちに、タワーをやるかやらないか意見を訊いたり、希望を採ったりしたんですか。結局伝統通りにやるっていうなら、それって、結論ありきで、僕たちを納得させるための茶番だったってことですか」

鋭いこと言うなあと、島倉はつい感心してしまう。珠愛月先生は一体どう答えるのだろうと、いたたまれないような思いで視線を向けると、こどもたちの中から声がした。

「うっせーな！　おまえ自分が土台やんの厭なだけだろ⁉」

同じ一組の近藤蝶という女子だ。彼女はタワーを作りたがっている。母親も同様だ。まさか、桜丘タワーを中止するなんてことはありませんよね。毎年楽しみにしていたのに、伝統のタワーを作る機会を、まさか娘の代で中止するなんてことにはなりませんよね。近藤蝶の母親は、校長に釘をさしたという。

「ほんっと、応援団長のくせにダサッ！」

もう一人、六年三組の松野《まつの》佑香《ゆうか》も大声を重ねた。そういえば松野は応援団長に立候補し、投票で青木に敗れていた。

「団長替わればいいのに」

誰かが言う。

「そうだよ、白の団長、佑香がやんなよ！」

「佑香がやったほうがいいよ！」

「団長！　団長！」

女子の一部が口々に言い出す。青木の顔はすでに真っ赤だ。理知的な少年も、女子からの集中砲火に心を挫《くじ》かれたようだ。出畑や手《て》塚《づか》といったお調子者らにも煽られ、真っ赤な顔で口をぱくぱくし、何か言おうとするがうまく喋れない。

「みんな、黙って！」

そこで皆を制したのは『ぐんぐん組』の比良岡だった。これには島倉は驚いた。学年でいちばん体の大きな比良岡だが、皆の前ではっきり意見を言うタイプではない。むしろ、引っ込み思案で、前の子の陰に隠れるように、いつだって猫背気味だ。その比良岡が、押され気味の友達に加勢した。その姿に打たれた島倉は、

「なんだ、耕介。意見あるなら言ってみろ」

我知らず、手にしていたメガホンで、呼びかけていた。

「意見ていうか……」

急に目立ってしまったことに比良岡は明らかに狼狽《ろうばい》した。

「いいから、立って言ってごらん」

島倉が言ったが、比良岡はしばらく立たない。周りの子たちに言われ、ようやくもじもじと身を起こす。大きな体を縮めるようにして俯く比良岡に、がんばれ、と島倉は心の中で呼びかける。

「……だから、青木君は応援団長だけど、タワーをやりたいかどうかとか、言ってることはそれとは関係ないっていうか……」

「は？　意味不明《イミフ》なんですけど」

小ばかにしたように近藤が笑うと、

「それはおまえがバカだからだよ」

羽村流星が野次を飛ばした。近藤が、

「は⁉」

と大きな声を出し、羽村を睨み付ける。美形の近藤の目力に、おとなの島倉も竦《すく》みそうになるが、金髪の羽村も凄みはある。一組で女王然としている近藤も、同じクラスになったことのない羽村とやりあう勇気はないようで、それ以上は言い返さない。いいじゃないか、『ぐんぐん組』。島倉は、ふだんはほとんど話さない比良岡と羽村の意外な連携に、面白くなる。

「皆さん、静かに！」

珠愛月先生がようやく声をあげた。その声が少し掠《かす》れていることに気付いて、島倉は慌てて彼女のもとに行き、メガホンを渡した。

「もう、時間がありませんから、この件はいったん、それぞれの学級に持ち帰って話し合いにしましょう」

メガホンで、珠愛月先生は言った。青白い顔をしていた。結論を急いだせいで、こどもたちをさらなる混乱に突き進ませた。失敗したと思っているのだろう。失敗だったと島倉も思う。ベテラン教師だって、失敗することはある。そして、こどもたちは、失敗に容赦ない。松村先生も困ったような顔で、おろおろと周りを見回している。皆、ひそひそとしゃべるのを止めない。思うところがありすぎて、彼らはもう、黙っていられない。

「静かに！」

ここでこそ、自分の出番だとばかり、島倉は皆に呼び掛けた。

「いったん学級に帰って、話し合うことになったんだから、もうこれ以上騒がない！」

「でも、先生……」

出畑が口を挟む。

「『でも』も『だって』もない！」

「俺、『だって』なんて言ってませんよー」

「『でも』と『だって』は同じ意味なんだぞ」

「そんなこと知ってますよー」

「減らず口たたくなって！」

出畑と島倉のコミカルなやりとりに、体育館は笑いに包まれた。つかんだ、と島倉は思った。さっきまでの苛々《いらいら》した空気が、この短いやりとりだけで一掃された気がする。威圧したり決めつけたりするからこどもたちに反発されるのだ。ひとつのプロジェクトを成功させようとするならば、一体感が必要だ。同じ目の高さになって、心を開き合えば、小学生とだって歩み寄れる。ノリの良さも、こどもたちとの距離の近さも、こどもたちからの信頼も、きっと俺が一番だ。学年主任の珠愛月先生よりも、経験年数の長い松村先生よりも。

チャイムが鳴った。臨時の運動会練習は終了し、青ざめた顔の珠愛月先生と暗い顔の松村先生の後ろで、島倉はひそかな満足感に包まれた。

島倉が、高梨先生に声をかけられたのは、給食を終えて職員室に戻ったあとだった。

「あのさー、島倉先生。放課後、大津に一年二組に来るように言っておいてもらえる？」

児童に対しても常々威圧的なムードを醸し出している高梨先生は、同僚に対しても、相手によって態度を変えるところがある。女性の教員や、年下の教員に対して、上から目線で話してくる。島倉に対しても、雑な頼み方をする。

島倉は、以前からかすかに感じていた高梨先生への不快感を押し隠し、

「大津が何かしましたか」

と、丁寧に返したとたん、はっと、電流が走ったように心が硬直した。

朝、欠席の連絡があったじゃないか。本人から。

「今日、あいつ、生物委員会の餌やり当番サボったから、まあ軽く、叱っとこうかと」

高梨が肩をすくめて、ちいさく笑った。

大津はお休みなんですよ、と言おうとして、口を開けない。一、二時間目の少人数の

算数、授業の終わりにちゃっちゃと出席簿を付けたが、なぜか大津の欠席を付け忘れた。そのあとの二十分休みは、桜丘タワーのポジションについて珠愛月先生と松村先生と話し合っていた。それから組体操練習が始まり、タワーについての児童どうしの口論もあって……。

あまりにめまぐるしく流れた時間の中で、大津からの電話がすっかり頭から飛んでしまった。胸元にひやりと水が落とされ、そのまま体じゅうに浸透して広がっていくような、うすら寒い感覚が広がる。大津の欠席を、まだ誰にも伝えていない。

高梨が去ってから、島倉は急いで、六年生専用の連絡ホワイトボードの下にさげてある出席簿を確認する。大津の欠席は記載されていない。指先が冷たくなる。自分の机を見たが、連絡の付箋なども特に貼られていない。

ということはつまり、学校は大津の親からの連絡を受けていないということだ。

大津の家は両親とも桜丘小から徒歩数分の距離にある『のぞみえん』という介護施設で働いている。忙しいのだろうか。そりゃ、忙しいだろう。万年人手が足りないんですよ、と言っていた。しかし、いくら職場が忙しいといっても、学校に電話の一本くらいできないはずがない。去年、面談をしたときの大津の母親を思い出す。この学校の生徒だったと言っていた。明るく、きびきびとした、仕事ができそうな女性だった。少なくとも、息子の欠席の連絡を怠るようなだらしない雰囲気はなかった。

ということは、だ。大津の親はまだ、知らないのだ。今もまだ、息子が体調を崩して自宅で寝ているということを知らない。大津は、なぜ親に連絡していないのか。サボりか？　いや、あいつはそんな奴じゃない。それに、ひどく辛そうな声だった。——あの、今日、俺、具合悪いんで……。きれぎれに喋るこどもの声が耳元で蘇る。あいつ、体調が悪すぎて、倒れてるんじゃないのか？

島倉は、喉がからからに渇いていくのを感じた。

万が一だ。万が一、朝からこの時間までに、大津に何かあったとしたら、どうなるのだろう。

高熱のあまり布団の中で意識を失っている少年の姿を思い浮かべた。

俺の責任にされるだろうか。

そう思ったとたん、脇から汗が噴き出した。島倉は心の中で言い訳をする。あの時はああするしかなかったのだ。始業時刻ぎりぎりにかかってきた電話。たまたま取ってしまったが、取れなかった可能性だってあった。あの時俺には、和也の親の勤務先に電話をかけ直す時間などなかった。だから、和也に言った。そうだ、俺は言ったのだ、親から学校に電話をするようにと。先生は授業に行かなければならないから、お母さんから別の先生に伝言をするようにと和也に……、そこまで具体的なことは言っていなかったかもしれないが、言いたかったのはそういうことだ。

そこまで考えてから、島倉の心の中に黒い墨みたいな考えが湧き上がった。

——そもそも、朝、和也から俺が電話を受けたことは、誰も知らない。

「島倉先生？」

声をかけられた。

ハッとして顔をあげると、向かいの席の、書類の束の向こうから、珠愛月先生がこちらを見ている。

「どうしたんですか？　ぶつぶつ言って。それに、顔色が悪いですよ」

「いや、なんでもないです」

「どうしましょうねえ」

珠愛月先生がぽつりと言った。

「は？」

島倉が顔を上げると、

「タワーですよ。そのことで悩んでるんでしょう？　島倉先生も」

珠愛月先生に言われた。

タワー？　ああ、タワーか。

真正面で見ると、珠愛月先生の眼孔がいつになく落ちくぼんで見えた。眠れていないのかもしれない。そこまですることなのかと島倉は思う。桜丘タワーを、そこまでして作らなければならないのか？　島倉は頭を振る。今はそんなことはどうでも良かった。

全体で作るものよりも、ひとりのこどもの安否を早く確認したい。やばいことになって

いるのかもしれない。

やはり俺が朝のうちに、和也の親の職場に電話をかけるか、事務室か校長室に行って、

事情を話して和也の親に連絡をしてもらうか、そこまでするべきだったのだろうか。そ

うしたら親が家に戻ってあいつの状態を確認して病院に連れていけた。和也の親がそう

したかどうかは別として、少なくともその可能性を、俺が潰したことになる。

いっそ、あの電話自体、なかったことにしてしまおうか――。

「これ以上ポジション決めを長引かせると、練習ができなくなってしまうので、ひとま

ずわたしのほうで割り振って発表してしまおうと思うんですけど、二組では特にここは

NGだっていうふうにポジションについて言ってきた子って、いないんですよね？」

黙っているなんて、無理だ。だいたい高梨先生に何と言えばいいのか。放課後のこと

は、大津に伝言しそびれたことにする？　大津が勝手に帰ってしまったことにする？

だめだ。明日以降、大津が学校に来たときに、つじつまが合わなくなる。

「島倉先生？」

「あ、はい」

「大丈夫ですか、なんだか顔色が悪いようですが」

「じゅ、いえ、沖田先生。あの、すみません、ちょっと、すみません」

「どうかしましたか」

「訊きたいんですけど、大津和也の親から連絡とかって、今日来ていませんよね」

「大津さん？　わたしのところには来てませんけど」

それが？　と怪訝《けげん》そうな表情で珠愛月先生がこちらを見る。島倉は何かうまい嘘を告げてごまかしてしまいたい誘惑と戦う。

「あの、朝、欠席っていう連絡があって」

「はあ、そうですか」

だけど、やっぱり打ち明けるしかなかった。

島倉が朝受けた電話を失念して欠席をつけ忘れたことを告げると、珠愛月先生の顔の輪郭が、スッと音を立てて鋭くなった気がした。

「今日まだ一度も大津さんの保護者と話していないってことですか」

「今日って朝の会を省略して算数が連続だったじゃないですか。電話が始業時間ぎりぎりだったんで、ちょっとバタバタしてしまって、それで……」

「とにかく連絡をとってないということですね」

「親に電話をかけて学校に連絡させるよう和也には言ったんですけど……」

「ＹＥＳかＮＯかで答えてください。大津さんのご両親は大津さんが欠席していることを知らない可能性がありますか」

「はあ……まあ、YESですね、そこは」

「ではすぐに自宅の大津さんと、保護者の勤務先に電話をかけてください。保護者に欠席確認をしてから、大津さんの在宅を念の為確認してください」

珠愛月先生はきびきびと指示を出した。島倉はいそいでデスクの引き出しの中から緊急連絡ファイルを取り出し、大津の保護者の職場の番号を探した。

「まずは家！　大津さんがちゃんと自宅にいるか、確認」

珠愛月先生が声を荒らげた。

「あ、そうか」

島倉は、大津の自宅に電話をかけた。

電話の呼び出し音が鳴る。鳴る。鳴り続ける。大津が出ない。

「おかしいなあ。大津、出ない。親にかけてみます」

「すぐに大津さんの自宅に行ってください。ご両親にはわたしから連絡しますから」

「え、今ですか」

「今です。職員出口の脇にある自転車を使ってください」

「家は、えっと……」

珠愛月先生の表情は硬かった。島倉はこれは重大な事態なのだと察知した。珠愛月先生も大津和也のことはよく知っているはずだ。ずる休みをして遊びに行くような子ではない。ということは、家で倒れている可能性がある。冷たくふるえだす指先で緊急連絡ファイルに載っている大津の住所と地図をメモすると、珠愛月先生がのぞみえんの職員に大津の両親を呼び出してもらっているのを聞きながら、島倉は職員室を飛び出した。

大津の家は小学校から五分ほど自転車で走った先にあるクリーム色のアパートの二階だった。

島倉は外階段を二階まで駆け上がり、チャイムを鳴らした。玄関のすぐ横が台所になっているのだろう。アルミ格子がついた曇りガラスの内側は暗く、人の気配はない。もう一度、チャイムを鳴らした。大津が出てこないので、どうしたらいいのか分からなくなり、島倉はドアを叩いた。

外階段を駆け上がってくる足音がした。胸元に『のぞみえん』と刺繍されたピンク色のジャージを着た、大津和也の母親だった。全速力で自転車を漕いできたのだろうか、顔が真っ赤だ。

「先生、お世話になっております。わざわざ、すみません」

母親は島倉に頭を下げた。

「あ、大津さん。和也くんが、留守なようで……」

「ええ？　留守って？」

大津の母親は笑顔だった。

「いないみたいなんです」

「大丈夫ですよー」急に母の声が大きくなった。「あの子、具合が悪くて寝てるんだと思います。前に風邪をひいた時も、一人でぐうぐう寝ていて、外からのピンポンに気づかなかったことがありますから」

母親の大らかさと冷静さに島倉はほっとした。と同時に、心配してここまで駆けつけた自分が恥ずかしくなる。こどもが一人で寝ていることくらい、普通にあることなのだ。珠愛月先生の対応も、大袈裟すぎたのではないかと思える。

だが、ポケットから鍵を取り出してドアを開けた母親は、

「和也！」

突然、人が変わったように、部屋の中に向かって叫んだ。靴を脱ぎ散らかして、どたどたと音をたて、急いで中へ入ってゆく。部屋の奥から彼女の声だけが聞こえてきた。

「和也！　良かった、やだ。どうしたの。すごい汗かいて。先生、先生、和也がいました！　無事です！」

戸口に顔を出した大津の母の顔が安堵にゆるんでぱあっと光っていた。

「なんで電話したのに出ないのー!?　みんなに心配かけて！　先生が来てくれたんだよ

う！　あーごめんなさい、先生、そんなところでお待たせしちゃって！　どうぞ上がってください」

はしゃいでいるかのようにさえ見える母親の姿に、島倉は胸を突かれた気がした。

さっきの笑顔は、取り乱す寸前の、ぎりぎりのものだったのだ。胸がつぶれるような思いでここまで走ってきて、出くわした担任の教師の前で、何とか冷静さを保った。緊張の糸が切れたのだろう、今は顔じゅうの筋肉が緩み、目じりに涙が滲んでいる。島倉は、珠愛月先生の対応が大袈裟だなどと、一瞬でも感じた自分を恥じる。

「先生、中に入ってください」

大津の母に言われて、おずおずと靴を脱ぎ、島倉は室内に入った。玄関を上がってすぐに六畳ほどの台所がある。手狭だが、すっきりと片付けられ、清潔な暮らしぶりが窺えた。奥の襖が開いていて、畳の部屋に布団を敷いて、大津和也が寝ていた。

「先生……ごめん……チャイムが鳴ってるの聞こえたけど、宅配かと思って……」

布団の中から真っ赤な顔を出して、きれぎれに和也が言った。

「いいよ、無理にしゃべらなくて」

島倉は言った。

「先生はあんたを心配してここまで来てくれたんだよ。授業もあるのに」

脇に挟み込んだ体温計がピーッと音を立てた。

「三十八・二度。やだ、熱、あるじゃない。でも、きっと下がったんだろうね。こんだけ汗かいたってことは。ひとまず着替えるよ、ほら、起きて」

大津の母親が早口で言い、和箪笥《わだんす》から着替えを出した。大津は母と島倉の前で上半身裸になり、わたされたトレーナーに着替えた。

「わあ、パジャマがびしょびしょ。すっごい汗」

母親が窓を開け、汗だくのパジャマを室外の洗濯機に入れに行く。

「よく寝たか」

島倉が言うと、大津は小さく笑って頷いた。

「意識なくなるくらい寝た」

「お母さんに電話しなかったんだな」

「あ、忘れてた」

「いいよ。辛かったんだろ」

島倉が言うと、大津がほっとしたように口もとを緩めた。しかしすぐにその唇はへの字になった。今にもべそをかきそうな顔をして、

「人間タワー……」

と呟く。

「ん？」

「先生、人間タワー、どうなったんですか？」

「あれな。今日は何も決まらなかった」

「俺が休んだせい？」

不安げな目で問われ、なんでそうなる？　と驚いた。

「和也は関係ないよ。話し合いがまとまらなかったんだ」

島倉が言うと、大津は「本当？」と訊いてくる。切実な表情に、島倉は小さな痛みを感じた。

この子たちは「今」だけを見ている。逆に言えば、「今」しか見えていない。目の前の問題が、学校の中で起こることが、世界の全てなのだ。その頑強さと脆さに、胸が苦しくなる。

「そうだよ、だから早く元気になって、人間タワーをどうするか、話し合いに参加してくれよ」

島倉が言うと、彼はようやくほっとしたように頬を緩めて頷いた。

洗濯機を回してから窓を閉めて、母親が戻ってきた。

「良かったね、和也。先生があんたのことを心配してわざわざ来てくれたんだよ。ちゃんと謝りなさい、心配かけたんだから」

「いえ……」いいですよ。島倉は口ごもる。和也は全然、謝るようなことなんかしてませんよ……。

「先生、ごめんなさい」

まだ熱っぽいトロンとした目の和也に謝られ、島倉は辛くなる。

「お引き留めして、ごめんなさい。今日はわたし、早退しましたので、このまま和也を病院に連れていきます。先生も、もう大丈夫ですから、授業に戻ってくださいね」

「分かりました。どうかお大事に」

島倉は立ち上がり、玄関へ向かった。靴を履いていると、

「先生、先生」

母親が追いかけてきた。汗ばんだ額に、前髪が張りついている。

「これ、持って行って」

かりんとうと大きく書かれた菓子袋を渡された。

「や、いいですよ、どうか」

島倉が遠慮すると、

「このかりんとう、すごく美味しくて、買い溜めしていたから、沢山あるんですよ。ね、沖田先生や松村先生にもどうぞ」

と更に二袋押しつけられる。

「はあ。では、遠慮なく……」

「せっかく来ていただいたのに、お茶も出せずにすみません。うちの子、島倉先生が担任になってくれて良かったって、いつも言ってるんですよ。算数少人数の授業も、とっても面白いみたいで」

「ママー、しゃべりすぎー」

奥の部屋から大津の声がしたので、母と島倉は顔を見合わせて小さく笑った。

彼女は少し小声になって続ける。

「本当ですよ、あの子、勉強が苦手で、特に算数がアレだったんですけど、『ぐんぐん組』で先生に教えていただくようになってから、家で自分からドリルをやるようになって。今日も息子を心配して駆けつけてくださって、本当になんて言ったらいいか……。いい先生に受け持ってもらえて、ありがたいです」

母親の瞳が潤んでいて、今にも泣き出しそうなことに驚く。島倉は言葉を返せない。自分は、この母親の涙に値するような教師だったろうか。笑いのおこる授業、中学受験への理解、児童とのコミカルなやりとり……そんなものだけで自分を「いい先生」だと思い込んでいた少し前までの自分に教えてやりたい。

いい先生っていうのは、逃げない先生なんだよ。

「目指します」

言葉を絞るようにして、島倉は伝えた。

「いい先生を、目指します」

母親は涙の膜に覆われた瞳を細め島倉を見ると、深々と頭を下げてから言った。

「先生は、いい先生ですよ」

第六話　乗り越える

「人生は、つじつまが合うようにできているんだよ」

八年前に亡くなった祖母を、最近よく思い出す。

「苦しいことがあったら、そのあとに、いいことも来る。だから、苦しい時は心持ちをしっかり、じっと耐えて、いい時期を待つんだ」

死んでしまいたいと思った時に限って、ばあちゃんの声が耳元で聞こえた。

人生は、つじつまが合うようにできている？　嘘だ。そんなのは嘘だ。アフリカで餓死したこどもはどうなんだ。いいことなんかなかったじゃないか。アラブの石油王はどうだ。一生、大金持ちじゃないか。小学六年生だった高田《たかだ》はひとりぼっちの家の中で、ちいさな体をまるめるようにして、そんなことを考えた。祖母の言葉を、否定して、否定して、だけどその中に、ほんの小さな光の粒のように、消えない願いが残っていた。

もしかしたら、本当に、ばあちゃんの言うとおりなのかもしれない。

ぎりぎりのところで祖母の言葉を信じられたから、あの場所をくぐり抜けてこられたのだと思う。

面接で訪れたネットニュースの配信社は、高田には気おくれしてしまうくらいファッショナブルな街の一等地にある。目の前がヨーロッパから初出店のマカロン専門カフェ、お隣は有名モデル御用達《ごようたし》の服のセレクトショップ、といった具合だ。

エレベーターで六階にあがると、向かって右手にネットを使った就職斡旋《あっせん》会社、左手に目当てのネットニュース配信社と分かれる。入り口は簡素な作りだ。レモンイエローの社名ロゴの下に小さなタッチパネルがおかれた待合スペースがある。三人座ればぎゅうぎゅうのソファがひとつ。時間より少し早く着いてしまった高田は、しばらくこのソファで待機することにした。入り口のタッチパネルを操作すれば、用のある人物のスマホを直接呼び出せるようになっているのだが、時間がくれば出てくるだろう。

思ったとおり、予定時刻の三分前に扉が開いて、

「高田さん、もういらっしゃってましたか。寒かったでしょう。さあさ、どうぞ中へ」

ＣＦＯの戸村《とむら》が、陽気な笑顔を浮かべて招いた。

「よろしくお願いします」

高田は頭を下げた。改まった高田の様子を見て、戸村は噴き出すように、軽やかに笑い、

「堅苦しいのは無しですよ、吹越《ふきこし》も他の皆も、待ち焦がれていたんですから」

と、浮き浮きしているような声で言う。

扉の向こうがぱあっと広がった。

北向きのオフィスだが、日が直接あたらないのを生かし、窓を大きく取って、遮るものをなくしているため、シルバーグレーの街並みが、真冬のきゅっと冷えた青空を跳ね返して静かに明るい。この街の華やかな雰囲気をそのまま吸い込んでいるかのようなオフィスは、来るたび高田の気持ちを高揚させた。何でも、海外の空間プロデューサーに委託したデザインだと聞く。壁面は、運営しているネットニュースのサイトのバックカラーと同じ綺麗なレモンイエローに塗られ、天井にも同色のストライプのラインが入っている。窓辺にはちいさなカフェスペースがあり、きらきらと垂れさがっているのはキューブ形のハロゲンペンダントライトだ。

「高田さんがいらっしゃったよー」

戸村がフロア中に聞こえるような大きな声を出した。

それを聞いてスタッフは顔を上げて拍手をした。中には立ち上がって手を振ってきたり、口笛を鳴らす者もいた。

「いや、ちょっと、やめてくださいよ」

高田は照れた。

小さな会社なので、名前まで覚えてはいないもののスタッフのほとんどの顔は分かる。記者は総勢二十人近くいて、皆若い。二十代から三十代前半までがほとんどで、皆、意図してやっているのかと思うくらい色鮮やかな私服姿だ。

一見、似たように見える記者たちだが、実は、嘱託、期間限定契約、アルバイト、と細かく勤務形態や給与形態が違っていて、正社員が二名しかいないことも高田は知っている。スマホやパソコンをいじったり、記事を書いたりと、それぞれ忙しそうだが、電話をしている者はいない。そういえば経理スタッフの志水直子《しみずなおこ》が言っていた。――最近は電話取材ってあまりしないみたいですよ、アポ取りや追加取材はメールやSNSを通じてやっている人が多いみたいです。なるほど、時代の変化というのは、こうしたツールの変化からじわじわと見えてくるものだなと高田は興味深く思った。

中央の打ち合わせスペースに案内された。ガラス張りの広々とした空間で、人が乗るとくにゃりとかたちをかえる巨大なクッションが二つある。ふっくらとして見えるわりに安定感のあるその巨大クッションは、わざわざメーカーに発注して、通常の倍近くあるサイズ、しかもコーポレートカラーのレモンイエローのものを作ってもらった、社のマスコットのような存在だ。あの上にいっぺん寝転んでみたいとも思いながら、高田はいつもあまり興味のないふりをしていた。

「せっかくですから、そこに、どうぞ」

戸口のスイッチでガラスを全面スモークに変化させてから、戸村がクッションを勧めた。

「いえ、いいです。今日は採用面接ですから」

高田は笑いながら固辞した。

採用面接といっても形だけだということを互いに知っている。もともと監査法人に所属していた高田は、この会社の監査を担当していた。決算期には、社員同然に、このオフィスに入り浸っていた。

会計監査は、クライアント企業が出してきた経理の数字が実際の状況と異なっていないかをチェックする仕事である。企業によっては会計士の目をすりぬけようとうまく粉飾してくるところもあるから、一定の距離を保っておかなければならないというのは暗黙の了解事項だったが、この会社はCFOの戸村も、経理部長の松井《まつい》もまじめで誠実な人物で、良くない数字もきちんと報告してきた。付き合いを重ねていくうちに信頼しあえる関係を築けたのは、彼らの誠実な人柄に負うところが大きい。

数年前にこの会社が株式上場を果たした頃から、経理担当マネージャーとして来てほしいと言われていた。高田も、監査の仕事をひと通り覚え、新しいことをやりたい気がしていた。松井や戸村といった善良でまじめな人たちと、新しい会社運営に携わるのも悪くはないと思ったが、妻の菜摘《なつみ》に相談すると、彼女は顔を曇らせた。それで、決断できずに、ずるずると時間だけが経っていたのだが、半年前に松井から改めて頭を下げられた。親の介護で田舎に帰ることになり、その後を継ぐ者として、高田しかいないと言われた。待遇面でも、更なる数字を提示された。それだけの評価をしてもらえていることに感動し、高田の心はついに動いた。

今日は創立者で現ＣＥＯの吹越と、形ばかりの採用面接をする。実質は年俸や待遇の確認で、契約書にサインをして、できれば今日から現場に入りたかった。

戸村とコーヒーを飲みながら待っていると、吹越が現れた。

「いやぁ、改めまして、よろしくお願いします。今日から正式に仲間になれるってことで、ありがたいです。どうぞよろしくお願いします」

吹越が言った。求めに応じて握手をしながら、四十代半ばの、見たところごく平凡な中肉中背の吹越が室内に入ってくるだけで部屋がこうも華やぐのはなぜだろうと、高田は不思議に思う。穏やかそうな喋り方で、いつも口角を上げているのだが、会話が意にそわない方向に流れると表情はそのままに目の奥に険しい光が宿る。たくさんの決断をしてきた者特有の厳しさや鋭さが空気をかすかに震わせて、一緒にいる人たちに独特の緊張を与えるのかもしれない。

「さっそくね、刷ってみました。メアドもこれで。でももし個人で作りたかったら、それもオーケーなんですよ、うちの社は。SNSやブログなんかも禁止してないんで、自由にやってください」

名刺の束が入ったプラスティックケースを渡された。もう作ってくれていたのかと、高田は驚いた。レモンイエローのラインの入った、つるりとした感触の名刺に「general manager, accounting」と記されている。以前、監査法人にいた時に使用していた白く地味な名刺とはまるで違う。指先に新しい風がすっと吹き抜けたような気がした。

「高田さんに来てもらえたら百人力ですよ。松井も安心していました」

戸村が口添えするように言った。

「恐れ多いです」

高田が恐縮すると、吹越が穏やかな笑みを浮かべて、

「細かいことは、このあいだ話し合った通りでいいでしょう。では、引継ぎのあれこれは戸村くんと志水さんにお願いします。すみません、僕はこれから代理店に頭下げに行かないとならないので、失礼します。あ、歓迎会は金曜でしたよね。そこだけは何の予定も入れないように秘書に頼んでしっかり空けてもらってますから。じゃ、その時に、ゆっくり」

吹越はそう言うと、機敏な足取りで打ち合わせスペースを出て行った。吹越の機嫌のよさにほっとしたようで、戸村の顔はますます緩んだ。

「必要書類を用意しますので、このクッション、もう自分のものみたいに使ってくださいね」

さっきよりも茶目っ気を出して戸村は言い、出て行った。

ひとり残された高田は、それならば、と自分よりずっと大きなそのクッションに、どんと座ってみる。重たい液体のようなレモンイエローの中にふかふかと沈み込み、つい「お」と声を上げてみた時には、高田の体のかたちそのままのソファとなっていた。見た目から予想していたのと同じ程には気持ちの良いソファだったけれど、筋肉をほどくことはできなくて、むしろ落ち着かない気分になってしまう自分がおかしい。やはり会社は会社だ。業務時間中に弛緩《しかん》しきれない自分の性格を高田はよく知っていた。

その夜は、戸村からの誘いを断って、早めに帰宅した。久しぶりに菜摘の手料理で転職祝いをすることになっていた。

菜摘は新しい職場から帰ってきた夫を機嫌よく出迎え、きれいにセッティングされたダイニングテーブルの中央に、アルミホイルに覆われた銀色の塊をのせる。メインのローストビーフだ。

「高いお肉、買っちゃった」

おどけてみせる菜摘の目が柔らかくてほっとする。

「おう。すごいな。いいにおいがする」

「うまくできているといいけど……」

菜摘はアルミホイルを外して、湯気のたつ牛肉にナイフを入れた。熱のこもったジューシーな赤身に唾がわく。手作りのソースをかけて、クレソンと一緒に皿に盛ってくれた。

去年のバカンスに夫婦で訪れたブルゴーニュのワイナリーで買った赤ワインを、ほんの少しだけいただく。ローストビーフにも、バゲットにもよく合う。マッシュポテトのサラダ、グリーンピースのスープ、海老とアボカドのディップ。

しばらく夫婦は美味しい美味しいと料理の感想を繰り返し、菜摘がローストビーフの肉の値段をクイズ形式で当てさせたり、スープのレシピを説明したりと、他愛もないことを愉しく話していた。

会話が途切れた時に、

「剛《ごう》ちゃん、転職、ほんとにしちゃったんだね」

ぽつりと菜摘が言った。

「しちゃったなあ」

「剛ちゃんに合うの？　その会社」

「どうだろう。ベンチャーに見えるけど、収入の基盤はしっかりしているし、気ごころ知れた仲間だから、大丈夫だよ。お給料も上がるしね」

付け加えると、そんなことは訊いていないとばかりに菜摘は口を尖らせて、

「わたしの意見、ぜんぜん聞いてくれてなかったのね」

と言う。

菜摘がこの転職を好もしく思っていないことは分かっていた。髙田の仕事にあれこれうるさいことは言わない菜摘だが、今回は、転職先の会社に難色を示していた。そのことは気になっていたが、最終的には髙田が自分で決めた。見たところ穏やかだが、芯に頑固な石のようなものがある髙田をよく知る菜摘は、結局髙田の決断を受け入れてくれた。

菜摘は髙田より五つ年下だ。以前、同じ監査法人で秘書として働いていた。七年前、結婚を機に退職した彼女は、それまでにためていたという貯金でイラストレーター養成の専門学校に通い始めた。意外にも主婦芸の域を出て、いつの間にかファッションマガジンのWEBサイトに連載を持つまでになった。

半年ほど前に、ふっと会話の中にさしこむように、そろそろこどももほしくない？　と問われた。大事な問いかけだということを、髙田は察知したけれど、だからこそ曖昧に

ぼかして答えた。以来、菜摘はその問いかけはしてこない。結婚前に、当分ふたりで楽しく暮らそうと話したけれど、そろそろ「当分」の時期は終わりつつあるのかもしれない。髙田は菜摘がこども好きだと知っている。彼女には仲の良い姉がいるが、しょっちゅう遊びに行っているのは、幼い姪っ子と甥っ子に会いたいからだろう。

髙田は、本音をいえば、夫婦ふたりの穏やかな日々に不足を感じていなかった。この世界で、いっしょにいて沈黙が気にならない相手は菜摘だけだ。彼女のために働き、彼女が待つ家に帰る。その、ささやかだがかけがえのない幸福が髙田の全てだった。菜摘には言わないが、こどもを持つことに不安がある。というよりこの世界に新しい命を増やすことを無条件に寿《ことほ》ぐことが、髙田にはできそうもない。何か未知の幸せやよろこびに出合えるのかもしれないと思う一方で、抱える必要のなかった責任や悩みや苦しみを知る可能性も否定できない。こどもができてこの均衡が崩されるくらいならば、いっそふたりきりでいつまでも過ごしたいと思っている。

「もちろん、菜摘の意見も考えたけど、ずっと世話になってきた松井さんに頭を下げられちゃったから……。きちんと人を育てられたらまた元の仕事に戻ってもいいし、経理の現場の経験も積みたかった」

「でも、これまでにもいろんなところからそういう話、あったじゃない。どうしてわざわざネットニュースの会社なんかにしたの。剛ちゃん、ネットとか、全然見ない人なのに」

「少しは見ますよ。検索サイト運営会社の監査をしたこともあるしね。けど、基本的にはその会社の仕事内容より、その会社の数字に興味があるんだ。どれだけ誠実で真面目な数字を出しているか。数字を見れば会社は分かるよ」

「けど、その会社が出してる記事は、ちゃんと読んでないでしょ」

「売れているものと、売れないものの区別は数字で見ているよ」

「どういう影響を与える記事かっていう前に、売れるか売れないかっていうことなんだね」

「記事は商品だからね」

高田が言うと、菜摘は、「あーあ」と肩をすくめてみせてから、「汚れちゃったなあ」とからかった。鼻の頭にくしゃっと皺がよる、大好きな表情だった。菜摘の言わんとすることが、高田には分かる気がしていた。だからこそ分からないふりをした。

二月半ば、社内にインフルエンザが蔓延《まんえん》したり、大雪が降って交通機関が麻痺《まひ》したり、新しい会社の日々はなかなかヘビーなスタートを切った。季節がゆるやかに温度を上げてゆくなか、高田もじょじょに新しい仕事に慣れ、やがてウールのコートから春物のトレンチコートに装いも変わった。

そろそろ期末の決算の準備を始めないといけない。手始めに三月までの売上見込み書《フォーキャスト》を手に取ると、ちょっとした疑問がわいた。広告営業を取り仕切る中村《なかむら》という男に内線電話をかけて、「今月の売り上げが予測に対してテンパーセントほど未達になりそうですが、どうしてでしょうか」

訊ねると、予定していた出稿がふた月遅れることになったため予測に到達できなかったということを、丁寧に説明してくれた。ままあることなので、確認できて安心した。少数精鋭だけに、他部署の者も話の通じ方が早くて仕事がやりやすい。礼を言って電話を切ろうとすると、

「髙田さん、H大卒ですよね」

ふいに中村から言われた。

「そうですが」

前いた監査法人では、ホームページでマネージャー以上の会計士は最終学歴と会計士試験の合格年を公開していたので、こんなふうに唐突に確認されることは何度かあった。確認してくる人間は、たいてい同窓か、子が同じ大学に在学しているかのどちらかである。

はたして中村もH大の出身ということだった。

「うちの社のH大卒が、これで三人になりましたよ。もう一人が、エース記者の穐山《あきやま》っ

てやつで、新聞社からの転職組です。今度飲みませんか」

「そうですね、いいですよ」

明るく答えたが、気が進まなかった。

穐山は、二名しかいない正社員の記者の一人で、売れる記事を書くと評判の男だ。すらりと背が高くて顔が小さい。志水がこっそり漏らしてくれた情報によると、女性関係も派手なようだ。何かのおりに紹介されて挨拶をしたことはあったが、きちんと話したことはなかった。

受話器をおいて、髙田はひと息ついた。電話をかける前に自分で淹《い》れたカプチーノに口をつける。時間は経っていたが、ふつふつっとした泡がやわらかくくちびるにあたり、心地よいぬくもりがあった。

ふた口飲んでから、髙田は経理のエクセル画面を最小化し、ブラウザを立ち上げて、自社のサイトに接続した。

レモンイエローを基調にしたニュースサイトは、上部に立体的にも見えるボックスが四つ並んでいる。社内ではこの位置を「ボックス席」と呼んでいる。人工知能を搭載したプログラムが、アクセス数の多い記事をボックス席の左から順に自動的に配置する仕掛けだ。

現在、もっともアクセス数を稼いでいるのは一番左のボックス席に入っている〈だま

される な！　本当は怖いその薬の副作用〉という記事だった。医療ものがトップにくるのは珍しいなと思ってクリックすると、医師が処方する薬の副作用について、やや煽情《せんじよう》的な記事が書かれている。最後に、髑髏《どくろ》マーク付きで「特に危ない薬ワースト30！」と太字で書いていて、クリックすると「有料会員様のみ閲覧できるページ」という表示が出た。こうやって広告収入以外のものへ繋げていく仕組みが作られている。

「だまされるな！」シリーズは、ここのところトップランクのアクセス数を誇っている。投資信託で騙されるな、不動産情報に騙されるな、カロリーゼロに騙されるな……。とにかく不安を煽る書き方で読者の指を動かすというやり方だ。

この人気シリーズを手掛けているのが「ＲＹＯ」こと穐山記者だ。同じ大学だったと知ってもそれほどの感慨はない。地方の小さな大学ならともかく、首都圏の大学であれば卒業生はあちこちにいる。その程度の共通点でわざわざ時間を割いてまで仲を詰めたいと思えないのは、正直なところ、穐山という人物にどこかしら身構えるものを感じているからだ。

まあ、期末の決算を終えるまでは飲みに行く余裕などあるわけないのだから、適当に返事をのばしておけばよいだろう。向こうも社交辞令で声をかけてくれただけかもしれない。

しかしながらひと月が過ぎたころ、髙田は自分の心の中に奇妙な靄《もや》が漂い続けているのを認めざるを得なくなった。

日々は忙しくも充実している。

会社の状態を数値化して表す経理の仕事は、企業が出してきた数字をチェックする監査法人の役割とは違う面白さがある。経営者のアドバイザーとして、直接ＣＥＯやＣＦＯに進言でき、それがそのまま経営に影響を及ぼすのは刺激的だ。

経理や会計というと、数字が苦手な人間にはまったく魅力のない仕事のようだが――たとえば菜摘に仕事の話をしてみると、すぐに「細かそう」「面倒臭そう」と顔をしかめられてしまう――、髙田は会計士になる前から数字を見ることが好きだった。だいたいこの部門の数字はこの程度になるだろうということや、この部門とこの部門の売り上げ比はこのくらいに出てくるはずだ、といった見当を、データをまとめる前からどれだけつけられるか、そのセンスが大事だと言われる。そうした計数感覚が、髙田は非常に優れていた。これは、小学校の頃から夢中になって取り組んできたそろばんによるところが大きいと思う。珠算検定は一級、暗算検定は二級まで取得した。公認会計士試験では電卓を持ち込み使用するが、簡単な計算ならば指先だけ動かすほうが早かった。

さすが少数精鋭でやっている会社なだけに、戸村も志水も並の会計士よりよほど計数感覚に優れている。彼らと共に財務諸表を作成していくのは爽快だった。

それなのに、靄はひたひたと高田の心を覆っていた。

ある時、気づいた。中村と話さなければならない時、いつも奇妙な緊張を感じるのだ。

高田は中村との会話において不快な思いをしたことはないし、今後もすることはないだろうと分かっている。それでも、彼と話さなければならない時、動悸《どうき》がするのだった。

だから、さりげなく内線をかけるタイミングをひきのばしたり、志水の手が空いていそうな時は、自分が忙しいふりをして志水と中村間のやりとりで済ませてもらおうと画策したりもした。それでも、どうしても中村と話さなくてはならないことがいくつもあり、打ち合わせで顔を合わせると、かすかに息苦しくなった。

四月最初の週の朝、高田は靄の正体に気付いた。

「今日の昼、一緒にどうですか」

エレベーターに乗り合わせた中村に言われた瞬間に分かったのだ。

「例のH大卒の穐山と三人でやりませんか」

この誘いを恐れていたのだ。

高田は自分の中にまだ、か細いこどもがいる気がした。そのこどもはいまだに肩をふるわせて、まるくなっている。

分かってしまえば、笑いたくなった。

靄に実体はない。もう大人なのだ。こういうものには素早く対峙《たいじ》して、乗り越えてしまったほうがずっと楽だと高田は知っていた。乗り越えるスキルは十分身についている。やり過ごすのだ。ただ、やり過ごす。一度やり過ごして、ゆるやかに関わりを断てば、それ以上の興味を持たれることはない。誰からもおかしく思われない。だったら夜に時間をかけて話すより、時間制限つきのランチタイムのほうがましだろう。夜なら経理の繁忙期を理由に断れるが、昼間の誘いを断るのは不自然でもある。

「いいですよ」

努めて朗らかに、高田は応じた。

デスクに着いてから、高田は自分のスマートフォンを、社のサイトに接続した。ちょうど一年くらい前に書かれた記事を検索するために「組体操　パンダ」と覚えのある単語を入れた。すぐに、ＲＹＯこと穐山遼《りょう》によって書かれた〈組体操は客寄せパンダだ！人間タワーに挑戦したＳ小学校の罪〉という記事が現れた。昨年、監査中に売れ行きの良い記事として確認したものの一つだった。

この記事が出た当初、ある小学校の写真がアップされていた。それは、単なるイメージ画像ではなく、記事に書かれた「Ｓ小学校」の写真だった。そのことに気付いた高田は、指先に得体の知れない重みを感じながらも、「Ｓ小学校」のホームページに接続して確認した。果たして「Ｓ小学校」の公式ホームページのトップ画面にまったく同じ画像が出てきた。見だしにも記事にも「Ｓ小学校」とぼかして書いておきながら、その小学校の公式ホームページから、学校の全体写真を無断転載していた。ぼかしも説明も入れられていない。違法とはいえないまでもかなりグレーに近いことだとぴんときた。

「すみません、監査に直接関係のないことなのですが、この写真はまずいんじゃないですか」

高田は松井に事情を話した。

松井もリスクを感じたようで、すぐ担当者に連絡し、写真を削除させた。騒ぎになる前に気付いてよかった。小学校側から抗議されるならまだしも、ネットフリークの第三者が見つけた時に、とんでもない方向に拡散される可能性もあった。高田は、以前監査した会社が不祥事を起こした時に、悪意ある口コミを拡散されたことで取り返しのつかない被害を受けたのを目の当たりにしていた。

小学校の写真をコピー&ペーストしたのは、記者の穐山自身だった。ずいぶん安易に写真をアップしているのだなと高田は穐山のやり方に内心で呆れたが、当時は社員でもなかったから、記者のやり方に深入りする気はなく、むしろ自分が言い出したことだというのも伝わらないよう松井には頼んだほどだ。

もしあの時、松井に、「どうしてあの写真が桜丘小学校のものだと分かったのですか」と訊かれていたらどう答えただろうかと、今になって高田は思いをめぐらす。松井が細かい好奇心を持ち合わせない人間だったおかげで、高田は言い訳を捻出する煩雑さから免《まぬか》れた。

「S小学校」は、髙田の母校だ。良い思い出はない。

髙田は級友たちからいじめられていた。始まりは高学年になって最初の算数の授業だったように思う。計算問題を解く時に、いつものようにそろばんの指で暗算したら、担任の先生にそれは駄目だと皆の前で叱られた。なぜ駄目なのか分からなくて、髙田はぽかんとしてしまった。すると先生は、ちゃんと頭で考えなさい、と、駄目押しするように言った。計算問題の何を頭で考えればいいのだろう。同じ答えになるのに、どうしていけないのだろう。分からなかったからぽかんとしただけなのに、「はい」と言わない髙田を、先生は睨みつけた。

低学年の頃、髙田がそろばんの指で暗算をすると、担任の先生は褒めてくれた。中学年の時の担任も、すごいなあ、と言った。しかし、高学年になって受け持ったこの新しい担任は、その後も髙田のそろばんの指を禁じた。計算問題を出すたびに、髙田の指が動いていないかを確認した。教師の目は、そのうち生徒たちの目となった。彼らは計算問題が出るたびに、まるで一つの娯楽のように、髙田の指をチェックするようになった。

髙田は気をつけた。頭の中にそろばんを浮かべて計算することもできないことはない。だけども長年の癖で、ついつい指を動かしたくなってしまうのだ。鉛筆で解くより、ずっと速いし正確に解を出せるのだから。

指を動かした瞬間、目ざとく見つけた女子が「あ！」と言う。くすくす笑う子がいる。「いけないんだぞ！」と、高田の手をつぶすように握ってくる男子がいる。

あの日々を、彼らは忘れてしまっただろうか。誰に迷惑をかけたわけでもないのに、ただそろばんの指をしたというだけで、高田は獲物になった。

クラスで幅をきかせている暴力的な男子グループがいた。彼らは高田の真似をして、指を動かしてみせては笑った。その指で高田の頰をつまんできた。強くつまんで、ぐりぐり動かして、それから思い切り引っ張った。自分を囲む大勢のこどもたちが笑っていたから、高田もつられて笑ってしまった。なぜか分からない。痛くて辛くて心が張り裂けそうだったのに、ああいう時に笑みを浮かべてしまう自分の姿を思い出したくない。それでもはっきり憶えているのだ。迎合してしまう心理を。仲間なんかじゃないし、怖くてたまらない。それなのに、媚《こ》びて、すり寄ってしまう痛みを。

高田の笑みは、多くの指を増長させた。「高田スイッチ」そう呼ばれ、皆が高田の頰をつまんだ。痣《あざ》になるまでつまんだ。それでもにやにやと笑みを浮かべてしまう高田は、こどもたちの嗜虐性《しぎゃくせい》を刺激し、サンドバッグのように好き勝手に殴ったり蹴ったりされる存在になるまでに時間はかからなかった。

高田は、どうやら自分が穐山を、桜丘小学校時代の記憶と結びつけて意識してしまっているのではないかと思った。彼がかつて自分をいじめたわけではない。穐山は単に取材をして記事にしただけで、桜丘小学校に何の関わりもない人物だ。だけど、穐山を見ると、得体の知れない恐怖を覚える。それは、桜丘小学校の記事を書いたからというだけではなく、彼が普段から書いている記事の内容に依《よ》るところが大きいかもしれない。数多《あまた》あるネットニュースの中でアクセス数を稼ぐには、時に冒頭から極論で攻めたり、一部の人間の感情を逆撫でする物の見方を押し出したりすることも必要なのだろう。そのことを髙田は理解しているつもりでいる。穐山がそのやり方をクレバーに実践していることも分かっている。

だが、ある時髙田は、穐山が時期を違えて書いた二つの記事を読み比べて、うっすらとした寒さを感じた。一つは〈生活保護でパチンコ通いの何が悪い？　開き直る最低限度の生活〉で、もう一つは〈生活保護申請者に風俗を勧めるこの国の行く末〉というものだった。どちらの記事も、ある種の人間の自尊心や良心を刺激したり抉《えぐ》ったりすることでアクセス数を稼いでいた。しかしそこに共通しているのは「ある種の人間の自尊心や良心を刺激したり抉《えぐ》ったりすることでアクセス数を稼ぐ」、ただそれだけだった。記事の内容だけを見比べると、書き手の視点も読者に訴えたいとする点も、全く異なるものだった。

読んですぐに髙田は、穐山は深く関わってはいけない人物だと直感した。彼は、その場その場のムードに応じて姿かたちを変え、もっとも都合のよい相手から、もっともりスクのないやり方で、その人間が大切にしているものを吸い取ることに躊躇《ためら》いを持たない人種だと思った。

中村が連れて行ってくれたのは、タクシーでワンメーターの距離にあるこの辺りでは名の知れた鰻の専門店だった。今日決めた約束だったのに、中村はわざわざ予約を入れてくれていたようだ。個室の掘りごたつ席につくと、すぐにあたたかいおしぼりが用意される。高田の真正面に座った穐山は、おしぼりで顔をごしごしとふきながら、

「鰻、久しぶりだなあ」

と嬉しそうに言った。

「この店、美味いんで、精つけましょう」

中村が言う。

「穐山くん」「中村さん」と呼び合っているから、年次は中村のほうが上なのだろうけれど、中村は腰が低く、穐山のほうが馴れた感じで話している。改めて訊くと、卒業年次は中村、穐山、高田の順で、高田が一番若かった。部門も違うし、入社年次もばらばらなので、上下関係は薄く、タクシーでは勧められるまま高田が奥に座り、中村、穐山の順で乗った。

「昼からビール、いいっすね。ハイ、乾杯。いやあ、光栄だなあ、同じ大学ってことで

こんなに早くお近づきになれて。髙田さんのことは、松井さんから聞いてましたよ。松井さんが、自分の十倍優秀な人を引き抜いたって自慢して辞めていきましたから」

穐山が楽しそうに喋っている。俳優の誰それに似ていると志水が言っていたが、たしかに顔が小さく、目鼻の造作が整っている。きっとここに女性社員がいても、彼は平気でおしぼりで顔を拭くだろう。他の人間がやれば目をそむけられるような所作でも自分は別だという自信があって、そうした豪快さを楽しんでいるようにも見えた。

「H大の人間はこの業界じゃあそんなにいないんで、中村さんに頼んでもっと早く集まりたかったんですけど、なんか、こっちもばたばたしていて」

「いえいえ、こちらも忙しかったんで」

「歓迎会の日も出張が入っちゃってお話しできなかったから、今日はよかったです。どうですか、うちの社の印象は」

身を乗り出してくるわけでもないのに、穐山の目が近くなった気がした。こういう人間に何か訊かれると、流れるように会話をしなければならないプレッシャーを感じてつい鼓動が速くなる。

「とても働きやすいですよ。指揮系統がシンプルで動きが早いのはベンチャーのいいところですね」

「吹越さんとは、どうですか？」

「どうです、というと？」

「あの人、つかみどころがないでしょ。飄々《ひょうひょう》としていて」

「そうですかね。経営手腕はさすがだと思いますよ。戸村さんとの連携もしっかりしているし」

「けど、髙田さんは、これまでナショナルクライアントを相手にしてたんでしょう。仕事の規模はえらく様変わりしたんじゃないですか。いや、俺も実は前に地方紙にいたんで、なんとなく分かるっていうと変ですけど、ベンチャーって仕事やりやすくなるし、自分で何でもできるようになるけど、全体的に小さくなるなあって気はしません？」

問われて、髙田は緊張した。会って間もないのに仕事観を突いて、経歴を共有しようとしてくる。

「どうですかね。僕は、仕事の規模とか、あまり考えないんですよ。目の前の数字をきちんと見るっていう点では、同じことですから」

「そんなもんですか」

「そういえばお二人は学生時代は何かアルバイトかサークルをやっていたんですか」

話を変えると、中村がうまく乗ってくれて、焼肉屋でのアルバイトの話を始めた。その話題を穐山はすぐに自分のものにすりかえて、テレビ局でアンケートの集計のアルバイトをしていたことや、広告代理店の調査バイトで一日に三万稼いだことがあるといった、自慢を含んだ回想話を面白おかしくし始めた。髙田は相槌《あいづち》を打ち過ぎないように気をつけ、自らの話題は最小限しか出さなかった。

昼食を終える頃には、穐山は髙田に関する興味を失くしたと見えて、中村とばかり話していた。付き合っても旨味のない人物だと思われたのだろう。そう思われれば勝ちだ。おとなは、自分の持ち場さえしっかり守っていれば、戦わずに勝つことができる。髙田は奇妙な達成感を覚えた。

午後の仕事はさくさくと、気持ちいいくらいにスムーズに進んだ。夕方、週末の花見&バーベキューの企画メールが回ってきたが、髙田は不参加の返事を出した。今年の桜は菜摘とふたりで見たい。

〈だまされるな！　組体操一律反対の社会的感情論に異議あり！〉

ボックス席にこのタイトルの記事が上がっているのを見て、髙田は苦笑した。四月なかばのことである。

相変わらず節操がないな。ほんの一年前には組体操は悪とばかりに批判しまくる記事を書いていた穐山だが、世論がほぼ組体操は危険と同じ方向にむきはじめたとたん、反対側のものの見方を真っ向からぶつけてくる。うまいといえばうまいやり方かもしれない。何事にも両面がある。どちらかに光を当てれば、反対側に陰がくる。持ち上げられたものは落とされるしかなくなるし、地まで落ちたものはそのまま踏み捨てられるか、ふたたび持ち上げられるかのどちらかだ。去年の記事とこの記事が同じ書き手だということに気づく者は少ない。

記事は一年前のS小学校の組体操事故に触れるところから始まり、近隣の人間の声や教育現場への取材内容をまとめている。

『全国紙に「圧巻の人間タワー」という投書をしたこともある男性（八十六歳）は、人間タワーの話になると目を輝かす。「毎年、人間タワーを見るたび、日本の未来は安心だと思えた。子供たちが危険や痛みを顧みずに踏ん張る力は、必ず地域の力になり国の力になる。」と語る。また、公立小学校で教鞭を執ってきた四十代の元教員は、「組体操を安全に行うことのガイドライン作りは大切だが、一律禁止とするのは行き過ぎではないか。そもそも組体操の中のどの種目がどの程度のリスクをはらんでいるのか、きちんとデータを取っているのだろうか。」と指摘する。彼によると、……

中略

……運動会の恒例種目に「伝統」として組体操を取り入れている小中学校は、この先、どういったかたちで「伝統」に向き合っていくのか。S小学校の今年の人間タワーは、日本の未来を占うものになるかもしれない。（記者　RYO）』

今の時代にこれは反感を買う記事かもしれないな。そう思う半面、いつもの「RY

O」の文章から垣間《かいま》見える攻撃性が鳴りを潜め、珍しく落ち着いたトーンで書かれているとも感じた。そのせいか、髙田は現在の「S小学校」の「伝統」であるところの人間タワーに関心を抱いた。記事を最小化し、髙田は小学校のホームページを検索した。

稙山との昼食を乗り切れたからかもしれない。以前、小学校のホームページに接続した時はどうしてもかさついた気持ちになってしまったが、今回はいたって平静だ。四半世紀を経て、ようやくである。ようやく、いじめに遭っていた日々を、今の自分と切り離すことができるようになったのだとしたら、なんと時間がかかったことか。

トップページに「スケジュール」というバナーがあった。クリックすると年間の行事の表のPDFファイルが無防備なほどあっさりと現れた。

運動会は四月最終週の日曜日だそうだ。そうか春にやるのかと、改めて意外に思った。自分が通っていた頃は、秋の運動会だったはずだ。最近は夏の終わりもじりじりと暑い日々が続き、熱中症の危険があるのかもしれない。

その時点での髙田は、何とはなしに日程を確認してかつての運動会を思い出したまでだった。当然、スケジュール帳に日時を書き写すようなことはしなかった。だから、まさか自分が、思い入れのない思い出したくもない母校の運動会に足を運ぶことになるとは、考えてもいなかった。

たまたまその日、菜摘が姉の家に行くことになったのだった。お姉ちゃんが熱を出しちゃったの、だんなさんは出張だから、なおちゃんとゆうくんを見てあげないと。そう言っていそいそと用意し、菜摘は出て行った。

ひとりになった髙田は、ジムに行こうか本屋に行こうかと少し迷った後で、ふと今日が四月最終週であること、桜丘小学校の運動会の日だったことに思いあたった。社会人になってひとり暮らしを始めるまでずっと住んでいたあの町には、都心の自宅から電車を二本乗り継いで、四十分足らずで行ける。十年ほど前に髙田の両親は現役を引退し、今はもう別の町に転居した。もうあの町に何の足がかりもないとなると、過去を切り離した他人の目で、久しぶりに訪れてみるのも悪くない気がした。

――S小学校の今年の人間タワーは、日本の未来を占うものになるかもしれない。

穐山の書いた文言を思い出していた。

大袈裟だな。

小さく笑いながらも、髙田は、ジムに行くために履いたスニーカーのまま、下りの電車に乗っていた。

最寄り駅は改装され、ずいぶん近代的になっていた。小さいけれども駅ナカにカフェまでできていて驚く。さほど遠いわけでもないのに十年以上訪れていなかったから、様変わりしているのも当然だった。

商店街を抜けて、横断歩道を渡ると、見覚えのあるスーパーの看板にぐっと心が時間をさかのぼるのを感じた。昔はこのあたりで一番大きな店だったが、こうして見ると、個人商店の延長のような、素朴な看板だ。ビックリマンチョコもコカ・コーラもこの店で買った。世の中のだいたい全部がこの店で買えると思っていた。今もまだ、大きなメンチカツはあるのだろうか。離れた町の工場でパートをして働いていた母が、ここでよく買って帰ってきた。髙田の両親はふたりとも仕事に追われ、毎日が忙しく、小学生の息子がひどいいじめに遭っていたことに多分最後まで気づいていなかった。

信号を渡り、通りを曲がって、学校へと続く坂をのぼっていく。長い坂だと思っていたが、大人になった髙田は、少し息をきらしながら、すぐにのぼってしまう。

やがて、どこからともなく、運動会のテーマ曲が聞こえてきた。カステラ一番、電話は二番、三時のおやつは文明堂……。つい口ずさみたくなるCMの、あの曲だ。アニメだったか、操り人形だったか忘れたが、ちいさな猫がつらなって、ぴょこぴょこと同じ踊りをしていたCMだ。いや、猫ではなくて仔グマだったかもしれない。はっきり憶えていないけれど、動画サイトで検索すればきっとすぐ出てくる。懐かしいな。ひとりぼっちの居間のテレビで見ていた。級友たちにつままれすぎて腫れた頬が、母親にばれてしまわないよう、水で濡らしたタオルをあてた。親に心配をかけたくないというよりは、親に、いじめられるような子だと、知られたくなかったのだ。知られないまま、死にたかった。

角を曲がると、桜丘小学校の門が見えた。

呼吸を整えて、髙田は門へと歩いた。

穐山だけではなかった。大学でも、職場でも、髙田は愛想よく笑みながらも、関わってくる人間の中に嗜虐性を察知したとたん、息を殺し、心を尖らせ、交流を止めた。彼らがどういう人生を送ってきたのかなど知らない。知る必要もない。だが、こどもの頃にいじめる側だったかもしれない、そんなにおいのする人間を、見分けることだけは得意になった。つじつま合わせの未来のために、不安要素は切り捨てる。過去の記憶をよみがえらせる類の人間を、自分の世界から弾いて生きて来た。大人になったことの幸福は、教室から解放されたことだ。付き合う人間は自分で選べばいいし、付き合い方も自分で決めればいい。

何かうるさく言われたら、卒業生だと言おうと、卒業年次や最後の担任の名前を思い返したりしていたが、そんな必要はなかった。郊外の大らかさからか、桜丘小学校の入り口は大きく開かれ、受付も見当たらない。ネットニュースで話題になっている学校にしては無防備ではないか。かえって心配になりながら、髙田は参観の保護者たちの間を歩いて、校庭の隅の誰にも邪魔にならなそうな場所に立った。

自分には関わりのない運動会なのに、文明堂の陽気なCMで使われている音楽を聴いたら、浮き立つような気分になった。晴天に恵まれて良かったと思えた。空にはためく万国旗がまぶしい。大玉送りの終盤戦で、場内は歓声に包まれている。

正面から見た校舎は髙田がいた日々そのままだったけれど、東側を増築したのか、いつの間にかくの字のかたちになっている。公立小学校には定期的に転勤があるから、もうあの頃いた教師たちは、誰も留まってはいないはずだ。学校という箱の中身は入れかわっていく。

大玉送りが終わり、場内はざわついていた。大玉が片付けられると、今度は裸足のこどもたちが一斉に校庭の中に走り込んできた。

「プログラム三十番、六年生による組体操です。今年のテーマは『心』。桜丘小学校の六年生は、今日の運動会に向けて、全員力を合わせて、毎日練習を重ねてきました。一人技、二人技、三人技……と一つずつ着実に練習をし、この日に向けて頑張ってきました。練習だけでなく、どのような組体操にするかを、全員で話し合ってきました。皆の考えをぶつけあい、皆の心に残る組体操を作ろうと、話し合いました」

どうぞご覧ください！　とアナウンスのこどもは最後に一段と声を張り、その語尾の余韻が残る校庭に太鼓の音が響いた。校庭の中央の朝礼台で、太鼓を鳴らしているのは、女性教師だ。

太鼓の音に合わせて、こどもたちが校庭に広がる。一人技、二人技……ぴしっと揃った動きを見て、ここまでまとめ上げるのは大変だったろうと、教師の労を高田は思った。同時に、倒立練習の時に、意地悪をされたことを思い出す。誰かに足を持たれたまま、別の誰かに体操着を地面まで深く下げられ目隠しされた。胸まで空気にさらけ出されたまま、前も見えず逆さにされたあの恐怖。必死で足をばたつかせたら、唐突に支えを外され背中から倒れ、周りはげらげら笑っていた。今思い出しても顔が赤くなる。あんな目に遭って、よく耐えたと思う。誰にも助けを求められなかった。高田の指のそろばんを悪い癖のように咎める先生に、頼ることなどできなかった。

朝礼台の教師が、これまでになく大きな太鼓のひと打ちをした。すると、磁石に吸い上げられる砂鉄のように、こどもたちはいっぺんに隊列を変え、三つの塊に分かれた。太鼓の音に合わせて、こどもたちがピラミッドを作っていく。

「ああ、やっぱり作るのか」

そう思ったあとで、もしかしたらこれは、いわゆる「人間タワー」ではないのかもしれないと思い直す。「人間タワー」は学年全員で作ると聞いていた。今、三グループに分かれて、三つのピラミッドを作っている。結構な高さの、ずしりとしたピラミッドだ。

あ、と高田は小さく声をあげた。

立ち上がった三つのピラミッドを見て、思い出したことがあった。小柄だった髙田は、例の指の暗算を厭った教師から、このピラミッドの一番上に立つように指示された。今のように、組体操が危ないなどと言われていない時代だった。やれと言われたら、やらなければならなかったが、練習のたび、足が竦《すく》んだ。人の背中という頼りないものを踏み台にしててっぺんまで上がっていくのが怖かった。前日はうまく眠れなかった。そのせいか、結局、本番で失敗した。完成間近のピラミッドのてっぺんから、転げ落ちたように思うのだが、その時の記憶はすっぽり抜けている。あああ、と、落胆とも悲鳴ともつかぬ声が地面にあてていた髙田の耳に響いてきたのを覚えている気はする。

不思議なことに、あれほどの高さから落ちたのに、大きな怪我はしなかった。髙田のクラスだけピラミッドが失敗したので、先生に叱られるのではないかと思ったが、たぶん許してもらえたのではないかと思う。厳しいことを言われた記憶はない。

怪我をしなかったおかげで、そろばん教室に休まずに通えた。もしあの時に右手に大きな怪我をしていたら、たったひとつの拠り所だったそろばんさえ、失っていただろう。そう思うと今でもぞっとする。運が良かったのだと思う。

三つのピラミッドは無事に立ち上がり、大きな拍手が空へ響いた。そのあと、六年生全体がひとつの波を作り出す、芸術的なショーもあり、髙田も手が痛くなるまで叩いた。

太鼓が、さらに大きな音で鳴り、児童たちが校庭をぐるぐると走り出す。これも演出なのだろうか。と思った時、放送が入った。

「私たち桜丘小学校は二十四年前に旧緑町小学校と合併しました。合併後の最初の運動会で、ふたつの小学校がひとつにまとまってゆくことの象徴として、学年合同の人間タワーを築くことが決まりました。二つの小学校は、一つの小学校となりました。それ以来、毎年六年生は全員で力を合わせて、大きな人間タワーを作ってきました」

ああ、これだ。穐山が書いていた、人間タワー。髙田が在校生だった頃は、まだ合併していなかったから、タワーは作られていなかった。

この大人数で、いったいどんなものを作るのだろうか。

「今年、私たちは話し合いをしました。人間タワーの伝統をどのような形で守り、続けていくのかを、話し合いました。そして、新しい人間タワーを築くことを決めました」

瞬間、走り回っていた児童が、ぴたりと動きを止めた。

え？

彼らは動かない。時間が止まったかのように、全員が静止した。土煙が、さきほどまでの走りの残光のように、ゆらゆらと空にあがる。

一体、何が起こったのか？

髙田は、全体を眺めるのをやめて、自分の位置からもっともそばにいる男の子を凝視した。

もちろん彼の時間は止まっていない。男の子は必死に息を堪えるようにして、動きを止めている。胸が上下しているし、腕もぷるぷるとこまかくふるえている。他の子たちも皆同じだ。片脚立ちで動きを止めてしまった子もいて、きつそうだ。もう一方の足を気づかれないようにゆっくりと地面へおろしている子もいて、高田は微笑む。面白い演出だな、と感心した。誰か、プロの演出家を招聘《しょうへい》したりしたのだろうか。さっきの波作りといい、まるで一つの舞台を見ているようで、自分がこどもだった頃に比べてはるかに高度なショーになっている。

いつしか参観の保護者たちも静まり返っている。この静謐《せいひつ》な空気にひびをいれぬよう、高田も無意識に息遣いを小さく保っていた。

どんっと太鼓がひと打ちされた。

こどもたちの体にふたたび時間が宿った。

次の太鼓で彼らは動き出す。ゆっくりと、大きく自由に、手足を動かす、これも演出か。これまでの動きがあまりに敏速だったせいで、スローなコマ送りを見ているように錯覚し、どこに焦点を合わせればいいのかが分からず、高田はいっときまばたきを忘れた。こどもたちの動きは全くばらばらなのに、全体に不思議な統一感があって、広がる舞台を見ているようだ。

気づくと、児童は全員、最初の隊形に戻っていた。と思ったら、そこからまた一部の児童がふたたびゆるやかに動き出して、全体でひとつの巨大な渦巻きを作るようにぐるぐると並び、上空から見れば、きっと、中央までぎっしりとこどもたちが身を寄せ合った、大きな円。そこにどどんっと大きく太鼓が響く。こどもたちは、全員一斉に身をかがめた。次の音で彼らは皆地面に手をつく。その次の音で全員が脚を上げ、片脚ずつ持ち上げて、両の脚を自分の後ろにいる児童の肩へと置いた。

「ほう」

高田は感嘆の溜息をもらした。

今この瞬間、百人を超えるこどもたちはひと筆書きのようにつながり、誰の足も地面についていない。全員が手だけで体を支え、足を後方の友達の体に支えられて、綱となったかのように滑らかに、豊かに、大きな渦のようなものを、描いている。どどどどどっと太鼓はいままでにない強さと速さで連打され、渦はどんどん中央に寄り、みっちりとした円をつくる。

「私たちの、人間タワーです」

連打の中で、アナウンスがあった時、高田はこれは人間タワーの「土台」なのだと気づいた。太鼓の音そのものが土台から立ち上がる竜のように空へ駆け上がっていく。これが、彼らのタワー。

最後に大きなひと打ちがあって、こどもたちはようやく両の足で地面を踏む。

次のひと押しで、全員が一斉に立ち上がった。

大きな拍手の中、彼らは解き放たれる。髙田は目の前の子たちの表情を見た。達成感に満ちた顔もあれば、終わって疲労している顔もあり、照れてにやにやしている子も、脱力して無表情の子もいる。

そうだよな、と髙田は思う。全員の心をひとつに、というのは、おとなたちが描く絵空事だ。心はひとつではないのだから。百人の心は百あり、きっとひとつにはなりえない。運動会を待ち焦がれる子もやり過ごしたい子もいる。楽しむ子も怯える子もいる。そのことを、髙田は知っている。

大きな拍手の中で組体操が終わると、これだけ見て帰ろうと決めていた客が多かったのだろう、校門へ向かって列ができる。

「なんか、今年は地味だったね」

髙田の後ろで誰かが言った。

「でも、かっこよかったね」

ふいに強い風が吹いて、校庭に砂埃が舞った。係の児童たちが大きめのジョーロを手に校庭に水を撒《ま》いてゆく。放送委員が「整理体操を行います！　児童の皆さんは、整列してください」と呼びかけている。やがて全校児童が体操の隊形を作り、音楽が鳴りだした。いくらか疲れ気味に手足を動かしている子どもたちを背に、髙田は小学校を後にした。

帰りの駅のホームで、見知ったシルエットに視線を引き寄せられ、あれ？　と思った時には目が合っていた。稠山だった。

挨拶だけして去ろうと思い、かたちばかりの会釈をすると、稠山が微笑みを返した。彼は、自ら髙田へ歩み寄ってきて、

「例の、組体操の小学校がこの町にあって、今日がその運動会だったんですよ」

と、言った。

「取材ですか」

警戒しながら訊ねると、

「まあ、そんなところです。髙田さんはどうしてこの町に」

と訊かれた。

「……たまたま、友人宅に呼ばれて」

髙田はとっさに嘘を言った。自分もさっきまで運動会のそばにいたことも、人間タワーを見たことも稠山には言いたくなかったのは、辿ればそこに「出身校だから」という理由が現れて、小学校時代へとつながってしまうからだ。こんなささやかな嘘をついてまで、断ち切りたい過去なのだろうかと思うと、髙田は幼い自分を改めて不憫《ふびん》に感じた。

「そうでしたか」

いつもならば、もう少し鋭く訊いてきそうなものを、穐山はどこかぼんやりした目でそのまま黙った。顔全体から均等に力が抜けていて、穐山の表情に、いつもの傲慢さは見えなかった。そのせいか、高田は彼の前から立ち去るタイミングを失った。

彼も人間タワーを見たのだなと高田は思った。

あの人間タワーについて、どんな記事を書くのだろうか。もしアクセス数など気にせずに見たものについて誠実に書いてくれるのなら、ぜひ読みたいと思ったが、あの子たちが考えて作った人間タワーを、どこかの誰かを煽って利益につなげるような「技術」で書くのなら、そんなものは載せてはいけないと思った。売文でしかないはずの、「RYO」の書く記事についてここまで強い嫌悪を覚えたのは、この会社に出会ってから初めてのことで、高田は、思いがけず、自分が感動したのだと知った。

あそこで見たものに、感動したのだった。

だから高田は、穐山に、ただ見たものをそのまま記事にしてもらいたいと思った。そして彼の素直な感想を聞きたかった。あれをどう思いました？　あれでよかったと思いました？　高さの勝負を見たかったなら、物足りなかったでしょうね。地味という声も聞こえました。

でも僕は、感動したんですよ。なぜでしょうね。ばらばらに歩いていた全員が、いつの間にかひとつの、人間タワーの土台を作っていた。彼らの誰ひとり、それを見ることができないからこそ、土台は土台としていっそう強固になったと思ったのです。

「稚山さん」

呼びかけた高田にかぶせるように、

「いいものですね、運動会って」稚山が言った。「なんだか久しぶりに……」

いつになく棘《とげ》のない、まるい口ぶりだった。あれ、と思って目を上げると、稚山の横顔は、歳相応に老けていた。高田は稚山の、次の言葉を待った。彼は、口を開きかけたが、向こう側のホームにやってきた電車の音にかき消され、くちびるはそのまま微笑みのかたちに留まったまま。

この男は運動会で何を見てきたのだろう。

——人生は、つじつまが合うようにできているんだよ。

なぜか、祖母の言葉が浮かんだ。

稚山はまだホームの向こう側を見続けている。彼の視線を追うと、さっきの電車から降りて来た行楽帰りと思われる家族が、お揃いの疲れ顔で歩いていた。母親は小さな男の子の手をひき、父親は抱っこ紐で赤ん坊を自身にくくりつけて。あんな状態では、どこに出かけるのも大変だろうに、よく遊びに行こうとするなと思いながら、高田はその未来も、自分のそばにあるのかもしれないと思った。家族で同じ体験をし、同じように疲れて、同じように帰路につく。その尊さが、丸みをもって髙田を包んだ。

ばあちゃん。もう十分に、つじつまは合ってしまったよ。だけど、もっと幸せになることだって、きっとできる。菜摘がいればどんな未来だって幸せなのだから。

髙田は大きく息を吸った。

その時どこかから鐘の音が聞こえた。

五時を告げる鐘の音は、髙田が小学生だった頃と、まるきり同じものだった。どこで、どのように鳴らされているのか知らないが、あの頃も、今も、五時きっかりに町中に響き渡る、小学生は帰宅しましょうの合図だ。鼻の奥をツンと抜けるような、懐かしさ。あれほど苦しい日々だったのに、鐘の音が髙田にもたらしたのは、少年時代の苦しみすらも包み込む、まっさらな郷愁だった。封印していた日々の中に、存外に強かった自分を見つける。鐘が鳴れば、母の帰宅まであともう少しだと思えた。あと少し、あともう少し。今日はお母さんが大きなメンチカツを買ってきてくれるかもしれない。傷ついた心の中に、光が灯った。立ち上がり、頬を冷やしていたタオルを洗って、風呂場の物干し竿にほした。テレビを消して、何事もなかったかのように宿題のノートを広げ、帰宅した母親に「今日はどうだった？」と訊かれたら、いつも通り「楽しかったよ」と答える。

あの頃の自分に、教えてあげたい。

大丈夫だよ、君の未来は明るくなる。君は中学に入るといい先生に恵まれるんだ。その先生は、君がつい動かしてしまった指を見ても、責めることなんかしない。そろばんかい？　と訊いてくれる。ごめんなさい、と、慌てて指を隠した君に、この計算はできるかい？　と先生は問題を出してくれるんだ。指で解いてもいいですか。ああ、勿論。そして君はすらりと解く。先生は、君のことを、みんなの前で思いっきり褒めてくれるんだ。忘れていたよ。一人のおとなが一人のこどもの人生を、突然大きく拓《ひら》くことがある。ささやかな敬意が、想像もできないほど一人を救う。君は幸運だった。先生一人のおかげで、みんなの見る目も変わってくる。友達もできる。小学校の名残で君を馬鹿にし続けるやつらもいたけれど、集団でいじめるムードにはもうならない。君はその先生と二人の友達と、そろばん研究会を立ち上げて、部長になった。地味だの、オタクだの、君が暗算するときに白目になることを気持ち悪いと囃《はや》し立てるやつらも、勿論いる。だけど君は、ずっと強くなっている。クラスの中心人物になることはない青春時代だったけれど、少なくとも人を馬鹿にすることはなかった。人を馬鹿にする人たちより、君はずっと素敵な青春を送った。そろばん研究会は君たちの引退と同時に自然消滅してしまうけれど、卒業アルバムにはそろばんを持った三人の少年の、照れくさそうな笑みが一生残る。

鐘が鳴り止むと、静かな夕暮れが駅を包み、電車の到来を告げるアナウンスが聞こえた。

　髙田は、自分が乗り越えたことを知った。

「稚山さん、実は僕も、母校の運動会を見てきたんですよ」

　顔を上げた稚山が、夕陽に目を細めて髙田を見た。架線の影が長く伸び、自分の横顔も同じ陽色に染まっているのを感じる。

　髙田は彼に、人間タワーの感想を話し出す。帰宅したら菜摘にも同じことを話そうと思いながら、今見たばかりのものを、言葉にしていった。

解説

考えることをやめないヒロイン

宮崎吾朗

桜丘小学校の運動会で、毎年六年生が全員で挑む組体操「人間タワー」。しかし昨年、頂上に立つ児童が滑り落ち、中段の児童が骨折。ネットニュースでは危険性が取りざたされ、現・六年生児童や保護者から中止を求める声があがった。

この物語は、人間タワーをめぐって、様々な人物の思いが絡み合いながら展開していきます。登場する大人たちは皆、とても真面目な人たちです。いい加減な人は見当たりません。離婚したことを悔やみ続ける、シングルマザーの片桐雪子。老人ホームに暮らし、生前の妻の言葉に囚われ続ける老人・本郷伊佐夫。自身の名前にコンプレックスを抱え、伝統ある人間タワーを遂行させようと頑迷に手を尽くす、六年生の学年主任・沖田珠愛月《じゆえる》。その意固地な沖田に違和感を抱きながらも、自分だけは良い教師であろうとする島倉優也。母校である桜丘小学校で受けた凄惨なイジメの記憶を抱え続ける会社員・高田剛。そして、今年の運動会で「人間タワー」に挑むことを目の前に控えた、六年生の子どもたち。大人たちは「こうあらねばならない」という理想の自分像を心の中に高く掲げ、そうでない自分を許すことができないでいます。それゆえ繊細な人ほど精神的に追い詰められていく。自分で自分を縛り、時に、他人に対しても攻撃的になってしまうのです。そして子どもたちもまた、大人たちの言うことを鵜呑みにし、一つの考え方にとらわれ、人間タワーの是非をめぐって対立していきます。

しかし、「こうあらねばならない」という考えに強く囚われている大人たちや子どもたちの中にあって、まだコンクリートされていない柔軟さを持った女の子が一人だけ登場します。六年生の安田澪ちゃんです。対立する子どもたちの中、澪ちゃんはある意味で一番うまくやっているのです。うまくやっているというと語弊があるかもしれませんが、とにかく、考え続けている。「タワーに反対＝自分と同類」だと安直に近寄ってきた青木くんに、「人間タワーには反対だけど、人間タワーをやらないことにも反対」だと言い放つシーンは印象的です。どちらかに決めてしまうことを答えとするのではなく、互いに納得できる方法を探ることはできないものか、と考えている。

この文章を書く少し前まで、僕は『アーヤと魔女』というアニメーション映画を作っていました。原作は、イギリスの作家ダイアナ・ウィン・ジョーンズの児童文学です。ダイアナさんの多くの作品がそうであるように、登場人物は皆、一癖も二癖もある人たちばかり。主人公アーヤは、十歳の女の子です。孤児院育ちのアーヤはある日、性格の悪そうな魔女のおばさんと、何を考えているのか分からないおじさんの二人が暮らす、13番地の家にもらわれます。そして、子ども一人で二人の難物を相手に暮らしていかなければいけなくなるのです。まともに立ち向かおうものならこれは大変。魔女は「言うことを聞かなければ、ミミズを食わせる」と事あるごとに言ってくる。自分の身を守りつつ、居心地の良い自分の城にしていくためには、馬鹿正直にぶつかるのではなく、知恵を使わなければいけない。すこし悪い言い方をすると、大人たちをたらしこまなければいけません。それには、賢さと度胸、そして何より愛嬌が必要なのです。アーヤは持っている術《すべ》を最大限に使い、自分の望む方向に物事を運ぼうとしていくのです。

僕も、一途であるというのはある種の理想形だと思っています。しかし今の時代、「こうあるべき」と一途に真面目にやっていると、心身がやられてしまう。自分を壊してまで一途である必要はないのでは？　とも思うのです。それに、一途も度を過ぎれば、多様性を拒絶することにつながる危険性をはらんでいます。アーヤは決して一途な女の子ではありません。結果自分の方に分が良くなるように仕向ける狡い（笑）ところもあります。しかし、そこには憎めない可愛らしさと、抜け目のない柔軟な立ち回りとがあって、「私は私、あなたはあなた。違いがあるけど、うまくやれば二人ともハッピーじゃない？」となるのです。そして僕は、それでOKだと思うのです。

誠実さや勤勉さを貫くのでもなく、正義や勇気を振りかざすのでもなく、アーヤのように自分の頭で考え、人をたらしこんで世の中を渡っていく逞しさこそ、今を生きる子どもたちに必要なのではないか？　アーヤを描くことは、子どもが少なく大人が多い逆ピラミッド型の日本、そして分断と対立が露わになっている困難な世界で、子どもたちへのエールになるのではないか？　そんなことを考えながら映画を作っていました。

そんなアーヤと澪ちゃんとの間に、僕は現代的なヒロインとして共通するものを感じます。「人間タワーには反対だけど、人間タワーをやらないことにも反対」だと言い放った澪ちゃん。どちらの意見も分かるけど、どちらの意見にも納得はできない。そうして澪ちゃんは、両方を立てる方法はないかと考える。しかし、間をとったバランスの良い案を考えるというのは、容易いことではありません。下手をすれば両方を敵に回す恐れがあるからです。それは、ちょっとしたズレが生じれば崩れる人間タワーと同じです。バランスの良さを考えるためには、多角的に根気強く物事を見定める必要があります。気持ちが余程強くないとできることではありません。尊敬していた珠愛月先生が見せた強引な大人のやり方に落胆しつつも、決して新しい道を考えることを止めなかった澪ちゃん。母親からの干渉を正面から受け止めるのではなく、受け流しつつうまいことやる術を見いだした澪ちゃん。彼女は、人生が二者択一ではなく、第三の道を探った先にこそ新しい可能性が生まれることを示してくれた気がしました。

アニメーション映画は、自分一人だけで作ることはできません。沢山の人の手を借りることではじめて成立します。しかし、合理的に「あなたはこれをやってください」「この範囲をお願いします」と差配すると、概ね想定の範囲の仕上がりに収まります。期待を越えるようなものが出てくることは滅多にありません。かといって、「良い作品を作りたい！」と皆が我武者羅《がむしゃら》になれば、想像もできない素晴らしいものが生まれてくるかというと、そうとも限りません。勿論、卓越した力を持つ個人に、決められた範囲を徹底的に追求してもらうことが必要な時や、皆で「負けるもんか！」と逆上するような瞬間が必要な時もあります。しかし、そのどちらでもない、僕の知らない第三のやり方があるのではないか。今は分からなくても考え続けなくちゃ、そう澪ちゃんから投げかけられているような気がします。

僕にも、小学生の頃に運動会で一所懸命に組体操に取り組んだ記憶は、おぼろげながら未だに残っています。団結という言葉が今より力を持っていた時代のことです。けれど、社会の在り方の変わった今、力を合わせるということは自分たちにとって一体どういうことなのか。僕はそれを考えずにはいられません。桜丘小学校の六年生や先生たちが考え抜いて辿り着いた今年の運動会。そのラストシーンが文句なしに心を打つのは、第三の道を考え続けて未来に希望を示した一人の女の子の美しい姿が、僕の目には、夕ワーの中にハッキリと見いだされるからにほかなりません。

高く聳《そび》えるのではない。けれど大きく広がる可能性を秘めた、新しい人間タワー。ぜひご自身の目で確かめていただきたいと思います。

（アニメーション映画監督）

単行本　二〇一七年十月　文藝春秋刊

文春文庫

人《にん》間《げん》タワー

定価はカバーに表示してあります

2020年11月10日　第1刷

著　者　朝比奈《あさひな》あすか
発行者　花田朋子
発行所　株式会社　文藝春秋

東京都千代田区紀尾井町 3-23　〒102-8008
TEL　03・3265・1211㈹
文藝春秋ホームページ　http://www.bunshun.co.jp

落丁、乱丁本は、お手数ですが小社製作部宛お送り下さい。送料小社負担でお取替致します。

印刷・萩原印刷　製本・加藤製本
Printed in Japan
ISBN978-4-16-791594-0

（　）内は解説者。品切の節はご容赦下さい。

石田衣良
うつくしい子ども
九歳の少女が殺された。犯人は僕の弟！　なぜ、殺したんだろう。十三歳の弟の心の深部と真実を求め、兄は調査を始める。少年の孤独な闘いと成長を描く感動のミステリー。（村上貴史）
い-47-2

絲山《いとやま》秋子
沖で待つ
同期入社の太っちゃんが死んだ。私は約束を果たすべく、彼の部屋にしのびこむ。恋愛ではない男女の友情と信頼を描く芥川賞受賞の表題作。「勤労感謝の日」ほか一篇を併録。（夏川けい子）
い-62-2

絲山秋子
離陸
矢木沢ダムに出向中の佐藤弘の元へ見知らぬ黒人が訪れる。「女優の行方を探してほしい」。昔の恋人を追って弘の運命は意外な方向へ――。静かな祈りに満ちた傑作長編。（池澤夏樹）
い-62-3

いしいしんじ
悪声
「ええ声」を持つ赤ん坊〈なにか〉はいかにして「悪声」となったのか。ほとばしるイメージ、疾走するストーリー。五感を総動員して描かれた、河合隼雄物語賞受賞作。（養老孟司）
い-84-2

岩井俊二
番犬は庭を守る
原発が爆発し臨界状態となった国で生れたウマソー。成長しても生殖器が大きくならない彼に次々襲いかかる不運、悲劇、やがて見出す希望の光。無類に面白い傑作長篇。（金原瑞人）
い-103-3

内田春菊
ファザーファッカー
十五歳のとき、私は娼婦だったのだ。売春宿のおかみは私の実母で、ただ一人の客は私の育ての父……養父との関係に苦しむ少女の怒りと哀しみと性を淡々と綴る自伝的小説。（斎藤　学）
う-6-16

江國香織
赤い長靴
二人なのに一人ぼっち。江國マジックが描き尽くす結婚という不思議な風景。何かが起こる予感をはらみつつ、怖いほど美しい十四の物語が展開する。絶品の連作短篇小説集。（青木淳悟）
え-10-1

（　）内は解説者。品切の節はご容赦下さい。

甘い罠
8つの短篇小説集
江國香織・小川洋子・川上弘美・桐野夏生
小池真理子・髙樹のぶ子・髙村　薫・林　真理子

江國香織、小川洋子、川上弘美、桐野夏生、小池真理子、髙樹のぶ子、髙村薫、林真理子という当代一の作家たちの逸品だけを収めたアンソロジー。とてつもなく甘美で、けっこう怖い。

え-10-2

プロローグ
円城　塔

わたしは次第に存在していく――語り手と登場人物が話し合い、名前が決められ世界が作られ、プログラムに沿って物語が始まる。知的なたくらみに満ちた著者初の「私小説」。（佐々木　敦）

え-12-2

妊娠カレンダー
小川洋子

姉が出産する病院は、神秘的な器具に満ちた不思議の国……妊娠をきっかけにゆらぐ現実を描く芥川賞受賞作。「妊娠カレンダー」「ドミトリイ」「夕暮れの給食室と雨のプール」。（松村栄子）

お-17-1

やさしい訴え
小川洋子

夫から逃れ、山あいの別荘に隠れ住む「わたし」とチェンバロ作りの男、その女弟子。心地よく、ときに残酷な三人の物語の行き着く先は？　揺らぐ心を描いた傑作小説。（青柳いづみこ）

お-17-2

猫を抱いて象と泳ぐ
小川洋子

伝説のチェスプレーヤー、リトル・アリョーヒン。彼はいつしか「盤下の詩人」として奇跡のように美しい棋譜を生み出す。静謐にして愛おしい、宝物のような傑作長篇小説。（山﨑　努）

お-17-3

太陽は気を失う
乙川優三郎

福島の実家を訪れた私はあの日、わずかの差で津波に呑まれていたかも――。震災に遭遇した女性を描く表題作など、ままならぬ人生を直視する人々を切り取った短篇集。（江南亜美子）

お-27-5

ちょいな人々
荻原　浩

「カジュアル・フライデー」に翻弄される課長の悲喜劇を描く表題作ほか、少しおっちょこちょいでも愛すべき、ブームに翻弄される人々がオンパレードの抱腹絶倒の短篇集。（辛酸なめ子）

お-56-1

（　）内は解説者。品切の節はご容赦下さい。

荻原　浩
ひまわり事件
幼稚園児と老人がタッグを組んで、闘う相手は？　隣接する老人ホーム「ひまわり苑」と「ひまわり幼稚園」の交流を大人の事情が邪魔するが。勇気あふれる熱血幼老物語！（西上心太）
お-56-2

大島真寿美
あなたの本当の人生は
書けない老作家、代りに書く秘書、その作家に弟子入りした新人。「書くこと」に囚われた三人の女性の奇妙な生活は思わぬ方向に。不思議な熱と光に満ちた前代未聞の傑作。（角田光代）
お-73-1

尾崎世界観
祐介・字慰
クリープハイプ尾崎世界観、慟哭の初小説！　売れないバンドマンが恋をしたのはピンサロ嬢――。「尾崎祐介」が「尾崎世界観」になるまで。書下ろし短篇「字慰」を収録。（村田沙耶香）
お-76-1

開高　健
珠玉
海の色、血の色、月の色――三つの宝石に托された三つの物語。作家の絶筆は、深々とした肉声と神秘的なまでの澄明さにみちている。「掌のなかの海」「玩物喪志」「一滴の光」収録。（佐伯彰一）
か-1-11

開高　健
ロマネ・コンティ・一九三五年
六つの短篇小説
酒、食、阿片、釣魚などをテーマに、その豊饒から悲惨までを描きつくした名短篇集は、作家の没後20年を超えて、なお輝きを失わない。川端康成文学賞受賞の「玉、砕ける」他全6篇。（高橋英夫）
か-1-12

川上弘美
真鶴
12年前に夫の礼は、「真鶴」という言葉を日記に残し失踪した。京は母親、一人娘と暮らしを営む。不在の夫に思いを馳せつつ恋人と逢瀬を重ねる京は、東京と真鶴の間を往還する。（三浦雅士）
か-21-6

川上弘美
水声
亡くなったママが夢に現れるようになったのは、都が弟の陵と暮らしはじめてからだった――。愛と人生の最も謎めいた部分に迫る静謐な長編。読売文学賞受賞作。（江國香織）
か-21-8

（　）内は解説者。品切の節はご容赦下さい。

川上弘美
このあたりの人たち
そこは〈このあたり〉と呼ばれる町。現代文学を牽引する作家が丹精こめて創りあげた不穏で温かな場所。どこにでもあるようでどこにもない〈このあたり〉へようこそ。（古川日出男）
か-21-9

川端裕人
夏のロケット
元火星マニアの新聞記者がミサイル爆発事件を追ううち遭遇する高校天文部の仲間。秘密の町工場で彼らは何をしているのか。ライトミステリーで描かれた大人の冒険小説。（小谷真理）
か-28-1

川端裕人
声のお仕事
目立った実績もない崖っぷち声優の勇樹は人気野球アニメのオーディションに挑むも、射止めたのは犬の役。だがそこから自らの信念「声で世界を変える」べく奮闘する。（池澤春菜）
か-28-4

角田光代
空中庭園
京橋家のモットーは「何ごともつつみかくさず」……普通の家族の表と裏、光と影を描いた連作家族小説。第三回婦人公論文芸賞受賞、小泉今日子主演で映画化された話題作。（石田衣良）
か-32-3

角田光代
空の拳　（上下）
雑誌「ザ・拳」に配属された空也。通いだしたジムで、天涯孤独で少年院帰りというタイガー立花と出会い、ボクシングの魅力にとらわれていく。爽快な青春スポーツ小説。（対談・沢木耕太郎）
か-32-12

勝谷誠彦
ディアスポラ
〝事故〟で国土が居住不能となり、世界中の難民キャンプで暮らす日本人。情報から隔絶され将来への希望も見いだせぬまま懸命に「日本人として」生きようとするが……。（百田尚樹）
か-47-2

海堂　尊
ゲバラ覚醒
ポーラースター1
アルゼンチンの医学生エルネストは親友ピョートルと南米縦断のバイク旅行へ。様々な経験をしながら成長していく将来の革命家の原点を描いた著者渾身のシリーズ、青春編が開幕！
か-50-2